红军的故事丛书

红色军魂

汤家玉　许思义　编著

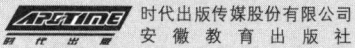

时代出版传媒股份有限公司
安徽教育出版社

图书在版编目（CIP）数据

红色军魂 / 汤家玉，许思义编著.—合肥：安徽教育出版社，2020
（红军的故事丛书）
ISBN 978-7-5336-8871-4

Ⅰ.①红…　Ⅱ.①汤…②许…　Ⅲ.①革命故事－作品集－中国－当代　Ⅳ.①I247.81

中国版本图书馆 CIP 数据核字（2019）第 056157 号

红色军魂

HONGSE JUNHUN

出 版 人：费世平
质量总监：姚　莉
责任编辑：周　佳
美术编辑：吴亢宗
装帧设计：观止堂_未氓
责任印制：王　琳

出版发行：时代出版传媒股份有限公司　安徽教育出版社
地　　址：合肥市经开区繁华大道西路 398 号　邮编：230601
网　　址：http://www.ahep.com.cn
营销电话：(0551)63683012，63683013
排　　版：安徽时代华印出版服务有限责任公司
印　　刷：大厂回族自治县德诚印务有限公司

开　　本：650×960　1/16
印　　张：8.5
字　　数：150 千字
版　　次：2020 年 5 月第 1 版　2020 年 5 月第 1 次印刷
定　　价：25.00 元

（如发现印装质量问题，影响阅读，请与本社营销部联系调换）

"红军的故事"丛书编委会名单

许思义
周　平
张荣辉
孙红超
盖　克
马永义

序 言

夜半三更哟盼天明

寒冬腊月哟盼春风

若要盼得哟红军来

岭上开遍哟映山红

……

每当听到电影《闪闪的红星》插曲《映山红》的优美旋律，我就情不自禁地跟着唱起来，电影中的画面不断地在眼前浮现。

童年的我最喜欢的一部电影就是《闪闪的红星》，是它，让我对红军形象有了具体的感知。原来，红军不是神秘的"天兵天将"，而是一个个有血有肉的人。他们同我们一样，有爱有恨，有喜有悲。但他们与我们又不一样。但哪里不一样呢？孩提时代的我，是搞不清楚这个问题的。

我的家乡是一个革命老区。抗日战争时期，新四军在那儿战斗过。听家乡的老人说，有一年鬼子来扫荡，老百姓跑到东边的山里躲藏起来，是一个新四军战士开枪，把鬼子引到了西边的山上，老百姓这才躲过了一劫。我的家族中有一位前辈，据传是新四军的一名基层军官，最后牺牲在鬼子的枪口下。谭震林指挥的"峨山头搏斗"，就发生在我的家乡。

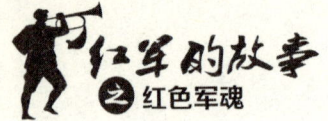

小时候的我分不清红军、八路军、新四军有什么区别,但我知道,他们都是英雄。后来,我是从老人们讲的故事中、从电影中、从书本中了解了红军、八路军、新四军的。我热爱他们,钦佩他们!

研究生毕业时,正赶上军校特招地方大学生入伍,我毫不犹豫地应征,成了一名军人。我认识到,红军、八路军、新四军都是党领导下的人民军队,他们与其他军队的根本区别就是,他们是人民的子弟兵,全心全意为人民服务是他们的宗旨。

在我的家乡,清明节这天,无论晴天还是雨天,各校师生都要集合起来,带着花圈,给烈士们扫墓。在烈士墓前,师生们恭恭敬敬地聆听烈士们的英雄故事。有一位烈士,没有家人,连名字都没有人知道,他的墓前只有一块石碑。老师们唏嘘不已,学生们悲伤流泪。之后,各人回各人的家,随家人给自己的先人上坟。家里有孩子上学的,大人一定会等孩子给烈士扫墓后,再领孩子上自家的祖坟。我们这一代人,在红色文化熏陶下从童年走入青年,又从青年走入中年。

成长于改革开放时期的青少年们,更多的是从各种媒体中了解人民军队的。为了让青少年们对红军有更加全面、具体的认识,我们编写了"红军的故事"丛书。我们想告诉青少年朋友:正确认识历史,我们才能更好地前进。为了创造更辉煌的未来,我们不能忘记红军!

汤家玉

目 录
CONTENTS

第一章
历史追溯

孙中山晚年的转变　　　　　　1
黄埔军校的建立　　　　　　　5
中国共产党与国民党"党军"　11

第二章
军魂初创

在重心转移中孕育　　　　　16
在南昌起义中诞生　　　　　20
在三湾改编中形成　　　　　28

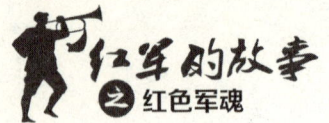

第三章
巩固发展

改造袁王自卫军	40
赣南三整固军魂	44
三军会师壮军魂	48
不听指挥八月败	54

第四章
古田丰碑

红四军："七大风波"	61
党中央："九月来信"	70
里程碑："古田决议"	73

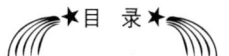

第五章
中央代表

"外国经验"成圭臬	79
"进攻路线"埋祸根	84
"最高三人团"遭质疑	93

第六章
拨乱反正

于无声处	107
众望所归	111
实至名归	117

后记

124

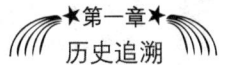

第一章　历史追溯

中国共产党成立后，就投身革命斗争。在第一次国共合作的大革命时期，经过东征和北伐战争，我们党在国民革命军中已有很大影响力。然而，处于幼年时期的中国共产党斗争经验不足，对独立掌握武装力量的重要性认识不够，为了实现革命的目的，曾希望与国民党合作建设军队，放弃了党对武装斗争的领导权，致使北伐军的实权大部分掌握在以蒋介石为首的国民党右派手中，以至于当1927年国民党反动派背叛革命时，大批手无寸铁的中国共产党人和革命群众遭到血腥屠杀。

大革命失败后，由共产党帮助组织和发展起来的国民革命军迅速蜕化成国民党反动派镇压共产党和工农革命的工具。中国共产党彻底认识到：在半殖民地半封建社会的中国进行民主革命，必须由共产党领导才能完成；共产党要取得民主革命胜利，必须创建一支由共产党领导的军队作为革命斗争力量的核心。

孙中山晚年的转变

中国共产党为什么要帮助中国国民党创办军队呢？这得先从孙中山晚

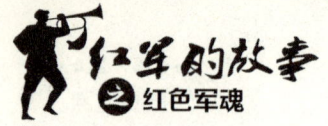

年的转变说起。

孙中山是中国近代民族民主主义革命的开拓者,中国近代伟大的资产阶级革命的先行者,中华民国和中国国民党的缔造者,"三民主义"的倡导者。1894年,孙中山在美国檀香山创建了中国第一个资产阶级革命团体——兴中会,喊出了"振兴中华"的口号。次年,兴中会总部在香港成立,策划广州起义,广州起义失败后,孙中山流亡海外,向华侨宣传革命。1905年,多个资产阶级、小资产阶级革命团体在日本东京联合组成中国同盟会,孙中山被推举为总理。孙中山为中国同盟会制订了"驱逐鞑虏,恢复中华,创立民国,平均地权"的资产阶级革命纲领,并提出以"民族、民权、民生"为主要内容的"三民主义"。同盟会在国内外广泛发展同盟会组织,联络华侨、会党和新军,在广东、广西、云南等地发动一系列武装反清起义。同盟会领导的辛亥革命,虽然结束了清王朝的封建统治,但并没有改变旧中国半殖民地半封建的社会性质。为了巩固共和制度、保卫辛亥革命的胜利果实,孙中山又先后领导了二次革命、护国运动、护法运动,但每一次努力最后都失败了。1918年,孙中山在《建国方略》的序言中说:"夫去一满洲之专制,转生出无数强盗之专制,其为毒之烈,较前尤甚。于是而民愈不聊生矣!溯夫吾党革命之初心,本以救国救种为志,欲出斯民于水火之中,而登之衽席之上也。今乃反令之陷水益深,蹈火益热,与革命初衷大相违背者,此固予之德薄无以化格同侪,予之能鲜不足驾驭群众,有以致之也。"

正当孙中山陷入绝望的时候,共产国际和中国共产党向孙中山伸出了援助之手。俄国十月革命的胜利,让孙中山在失败中看到了前进道路上的曙光。俄国十月革命之后,为了推动中国革命的发展,共产国际陆续派维经斯基、马林和尼克尔斯基等人来华。1921年12月,共产国际代表马林

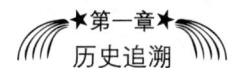

与孙中山进行了多次长谈。马林向孙中山提出改组国民党、建立军官学校等建议。其实，双方第一次见面时，由于所持的观点迥异，气氛相当紧张。但是，1922年陈炯明发动的武装叛乱使孙中山遭到一生中最惨重的失败，中国共产党向他伸出友谊之手，这让孙中山彻底改变了想法。1922年8月，孙中山与马林就国共合作问题举行了会谈。孙中山悟出：过去历次革命之所以失败，原因就在于没有建立一支真正的革命军队，而仅仅是依靠一支军阀部队去攻打另一支军阀部队。1923年1月26日，孙中山同共产国际代表越飞签署《孙文越飞联合宣言》，确立了联合苏俄的政策。随后廖仲恺与越飞赴日本商谈《孙文越飞联合宣言》细节，而军事问题是这次会谈的中心问题。越飞指出："以往的中国革命，过于借重军阀之力，因而常导致失败。国民党必须组织培养自身的军队。"廖仲恺与越飞通过商谈达成协议：苏联将援助国民党设立军官学校。

对于促成孙中山晚年的转变，中国共产党也发挥了重要作用。1921年7月，中国共产党成立后，掀起了中国工人运动的第一次高潮，但在北洋军阀的残酷镇压下，运动失败了。中国共产党认识到，没有武装，仅仅依靠工人阶级的合法斗争，不可能完成中国民主革命的任务，必须联合其他革命阶级、阶层，结成革命统一战线，共同奋斗。

这就提出了建立无产阶级的军事制度的问题。然而，年轻的中国共产党既无军事经验，又无军事人才，想要建立自己的军事制度，谈何容易！

中国共产党是一个善于学习的先进政党。它把目光投向了具有丰富军事斗争经验的孙中山。中国共产党认为，在中国的各派政治势力中，只有孙中山领导的中国国民党是比较进步的政治力量。但是问题也随即而至：国共两党究竟采取哪种合作方式呢？按照孙中山的意思，国民党是一个大党，要合作，共产党员就必须加入国民党，实行"党内联合"，但是共产党

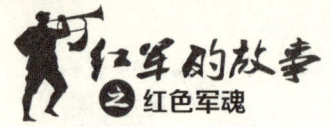

内的大多数人明确表示反对加入国民党。而中国共产党则提出了实行"党外联合"的主张,要与国民党平等合作,这个主张自然没有得到孙中山的同意。最后,在共产国际的帮助和撮合下,1923年6月,中国共产党召开第三次全国代表大会,决定共产党员以个人名义加入国民党,同国民党建立民主联合统一战线。在中共三大前后,中国共产党领导人陈独秀、李大钊等与国民党领导人孙中山、廖仲恺等多次会谈,就国共合作问题达成了一致意见。

★陈独秀　　★李大钊

回顾历史,"打倒列强,铲除军阀"成为当时全国人民的共同愿望,这样的革命形势和历史任务要求国共两党齐心协力掀起大革命的高潮。

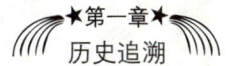

黄埔军校的建立

从1923年9月至1924年1月,苏联派往中国的军事顾问陆续到达广州。1923年8月至11月,孙中山派出"孙逸仙博士代表团",在蒋介石的率领下,考察了苏联的军队建设情况。苏共中央主席团主席加里宁,外交人民委员齐契林,共产国际主席季诺维也夫,俄共(布)中央委员会书记鲁祖塔克,苏联革命军事委员会副主席托洛茨基、斯克良斯基,以及苏联红军总司令加米涅夫等人会见了代表团,介绍了苏联的各方面情况。1923年10月,苏联代表鲍罗廷到达广州。在共产国际和中国共产党的大力帮助下,国民党加快了创办军校的进程。

1924年1月20日,国民党在广州召开第一次全国代表大会,正式决定创办一所陆军军官学校。1月24日,孙中山委任蒋介石为军校筹备委员会委员长。5月2日,孙中山正式任命蒋介石为黄埔军校校长。因为这是一所党立军事学校,所以定名为"中国国民党陆军军官学校"。又因为校址设在广州黄埔岛上,所以亦称"黄埔陆军军官学校",简称"黄埔军校"。

1924年6月16日,黄埔军校正式开学。为什么选择在6月16日开学呢?因为在1922年的这一天,孙中山一手栽培起来的陈炯明炮轰孙中山居住和办公的总统府,给孙中山领导的北伐战争以致命打击。孙中山挑选这一天开学,就是希望军校全体师生牢记这个日子,永远忠诚于革命。当天,来自全国的教官和学生,包括共产党员和国民党员共500余人参加了隆重的开学典礼。

会场上站满了人。主席台中央挂着一条横幅,上面写着黄埔军校校训"亲爱精诚"。两边分别张贴着"养天地正气"和"法古今完人"的对联。

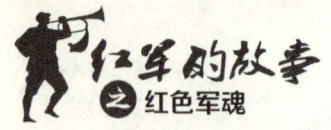

★陆军军官学校（黄埔军校）旧址

学生们穿着黄卡其布做的中山式军装，高唱着黄埔军校校歌，精神饱满地走进会场。

莘莘学子，亲爱精诚，三民主义，是我革命先声。
革命英雄，国民先锋，再接再厉，继续先烈成功。
同学同道，乐遵教导，终始生死，毋忘今日本校。
以血洒花，以校作家，卧薪尝胆，努力建设中华。

激昂嘹亮的歌声在校园上空久久回荡。

孙中山精神抖擞，亲自主持了开学仪式。他发表了激情洋溢的讲话：

……由于我们革命，只有革命党的奋斗，没有革命军的奋斗，因为没有革命军的奋斗，所以一般官僚军阀便把持民国，我们的革命便不能完全成功。我们今天要开这个学校，是有什么希望呢？就是要从今天起，把革命的事业重新来创造，要用这个学校内的学生做根本，成立革命军。诸位学生就是将来革命军的骨干。有了这种好骨干，成了革命军，我们的革命事业便可以成功。如果没有好革命军，中国的革命，永远还是要失败。所以，今天在这里开这个军官学校，独一无二的希望，就是创造革命军，来挽救中国的危亡。

什么东西叫做革命军呢？诸君到这个学校来求学，要怎么样立志才可以做革命军呢？要有什么资格才叫做革命军呢？我们要知道怎么样可以做革命军，便要拿先烈做模范。要拿先烈做模范，就是要学革命党，要学革命党的奋斗。有和革命党的奋斗相同的军队，才叫做革命军。中国革命虽然有了十三年，但是所用的军队，没有一种是和革命党的奋斗相同的。我敢讲一句话，中国在这十三年之中，没有一种军队是革命军。现在在广东同我们革命党奋斗的军队，本来不少，我都不敢说他们是革命军。他们这些军队，既是来同我们革命党共事，为什么我还不叫他做革命军呢？我之所以不敢以革命军的名号加之于这些军队之上的理由，就是因为他们内部的分子过于复杂，没有经过革命的训练，没有革命的基础。……

担任总参议的胡汉民发表了孙中山的训词："三民主义，吾党所宗，以建民国，以进大同。咨尔多士，为民前锋；夙夜匪懈，主义是从。矢勤矢勇，必信必忠；一心一德，贯彻始终。"后来，中国国民党将这首《三民主义歌》确定为中华民国国歌。

黄埔军校建立后，孙中山立即着手以军校师生为骨干，建立革命武装。1924年，黄埔军校教导团第一团、第二团相继成立。教导团初成立时，孙中山称其为"新军"。1924年，孙中山正式将其命名为"党军"。"党军"机制从黄埔军校开始,然后被推广到整个国民革命军。"党军"机制主要由党代表制度、政治工作制度和特别党部组成。

★廖仲恺

第一,党代表制。在黄埔军校,孙中山担任军校总理,蒋介石担任军校校长。孙中山特意任命廖仲恺为驻校党代表,负责监督学校的一切工作,军校的一切命令必须有党代表的签字。总理、校长、党代表组成军校校本部,作为军校最高领导机关,隶属国民党中央执行委员会。校长及党代表对国民党总理负责,以"党权高于一切"为原则,各级党代表都由廖仲恺"遴选教官、学生中之富于政治学识者,呈请中央任命之,除实行政治训练外,凡军队一举一动、一兴一废,均受其节制,以示党化"。国民党借鉴苏俄红军

★冯玉祥

的经验,在军、师、团、营、连各级设立党代表(连一级有的称为政治指导员),代表党执行对部队的管理和统率。1924年10月,冯玉祥的部队从北洋军阀行列中分裂出来,拥护国民革命,被改编为国民军。后来为协助广州国民政府北伐,冯玉祥部于五原誓师,成立国民军联军。"党军"体制在国民军联军中也得到推广。国民党中央委任冯玉祥为总党代表,军一级未设党代表,师级以下设立政治指导员。

1926年3月19日,国民政府军事委员会颁布《国民革命军党代表条例》,其职责是反复灌输革命精神,提高战斗力,严肃纪律,开展三民主义教育。《条例》规定,"关于军队中之政治情形及行为,党代表对党负完全责任,关于党的指导及高级军事机关之训令,相助其实行,辅助该部队长官,巩固并提高革命的军纪";"党代表为所属军队之长官,其所发命令与

第一章 历史追溯

指挥官同,所属人员须一律执行之"。"党代表有会同指挥官审查军队行政之权",但"党代表不干涉指挥官之行政命令",当"认为指挥官之命令有危害国民革命时,应即报告上级党代表,但于发现指挥官分明变乱或叛党时,党代表得以自己的意见,自动设法使其命令不得执行,同时应该报告上级党代表、政治训练部及军事委员会主席"。在党代表与军队党部意见有分歧时,"有停止该党部议决之权,但同时应将理由速行报告于上级党部及上级党代表及政治训练部"。"军事长官拥有指挥部队之'能',党代表拥有领导部队之'权'。'权''能'分治"。国民党通过党代表与军事主官并行的"党政双轨制",将军权置于国民党的掌控之中,保证国民党对军队的领导。

第二,政治工作制度。在部队设立的政治部,是国民革命军中执行政治工作并受"党的指导,根据党的主义、政策去训练士兵和民众的特设机构"。政治部起源于黄埔军校。国民党员戴季陶为校政治部第一任主任,后由邵元冲代理。戴季陶、邵元冲由于担负着党务、政务工作,对军校政治部工作不常过问,政治部形同虚设,这引起军校师生不满。后来,廖仲恺提出希望共产党方面能推荐一位适当人选接任军校政治部主任一职。中共广东区委经过认真考虑,决定派周恩来去接任这一职务,并兼任中共广东区委军事部长。在周恩来等人的努力下,政治部机构不断完善,编设了总务、宣传、党务3个科,以及编译委员会、政治指导员、政治教官等职务,并按组织编制明确分工,军校政治部工作才真正开展起来。1925年8月,国民政府改编国民革命军后,在国民革命军8个军的军、师两级也都设立了政治部。在国民军联军中,军和独立

★周恩来

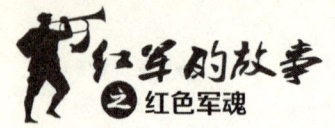

师以上部队也设立了政治部。国民政府军事委员会设立了政治训练部,后改组为国民革命军总司令部政治部、军事委员会总政治部。政治部下设宣传、组织、训练、党务等科及各项特种委员会。团以下则设立政治指导员,职权与同级军官相同。政治部的主要任务:对内,负责对国民党全体官兵进行政治训练并指导党务活动,以使他们增强革命精神,遵守纪律,保证完成国民革命的使命;对外,负责宣传和组织群众,以实现孙中山提出的"武力与民众相结合"的主张,使群众支持革命军队的行动。政治部领导国民党各军、师、海军局、空军局、中央政治军事学校及总参谋部和军需部中的所有党代表,指导国民党军队中所有党、政治、文化和群众发动工作的开展,在权力系统中占有十分重要的地位。

第三,特别党部。黄埔军校、国民革命军均设立了公开的国民党党部,属国民党中央领导,下设区党部和区分部;国民军联军也设立了最高特别党部,以此来加强对部队的控制。1924年7月6日,黄埔军校特别党部成立,蒋介石等5人被选为执监委。国民党各部处设有党小组,平均每个党小组约14人,党小组组长负责监控学员的思想和行为,检查他们的阅读材料。国民革命军在连、团、师、军级设立党部,旅、营级不设党部。在各级特别党部的组织构成上,团级以上党部设执行委员会,其中执委9人、候补执委3人,分管宣传、组织和财务等,设监委若干。连级设队党部,只有执行委员会,其中执委3人、候补执委2人,不设监委。排、班级不设党部,只设党小组,设正、副组长各一人。国民党党部在国民党党员中间开展教育活动,并以国民党党纪约束国民党党员。

党代表、特别党部、政治工作制度三位一体。其中,党代表是核心,代表国民党对军队的领导,领导政治部的工作;特别党部直属于党代表,负责对国民党员的教育与监督;政治部负责开展思想政治工作。中国国民

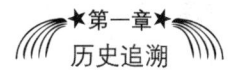

党通过这一机制建立了一支不同于军阀独裁的新式军队。

毛泽东曾对其给予高度评价:"那时军队设立了党代表和政治部,这种制度是中国历史上没有的,靠了这种制度使军队一新其面目。1927年以后的红军以至今日的八路军,是继承了这种制度而加以发展的。"

中国共产党与国民党"党军"

中国共产党对黄埔军校的建立和发展做出了不可磨灭的贡献,在国民党"党军"中也占有重要的地位。

黄埔军校开办前,孙中山最担心的问题是招收不到足够的学员。中国共产党动员了相当数量的共产党员和共青团员报考黄埔军校,并积极帮助国民党招收学员。共产党人何叔衡在湖南、毛泽东在上海、胡公冕在浙江招募到许多有志青年报考黄埔军校。1924年3月27日,来自全国各地的1200多名考生在广州参加了黄埔军校的入学考试。4月28日,入学考试成绩揭晓,正取350名,备取100多名,其中共产党员和共青团员有50多人,共产党员蒋先云成绩名列第一。后来,在黄埔军校一期学员中,蒋先云、陈赓和贺衷寒被称为"黄埔三杰"。当时,在黄埔军校、国民党创办的其他军校以及军队中都有大量的共产党员,人数至1927年

★何叔衡

★胡公冕

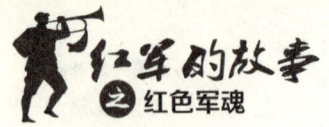

初达到 1500 多人。

中国共产党人在国民党军校及军队中,主要负责政治工作。国民革命军和国民军联军中的党代表一职,大多是由共产党人担任的,如在国民革命军第一军第一师中,9 个党代表中共产党人占了 6 个。周恩来担任了黄埔军校政治部主任,后来又担任了东征部队的政治部主任。在国民革命军的其他部队中,政治部主任也大多由共产党人担任。在国民党各级党部中,中共党员占有相当大的比例。如黄埔军校第一届特别党部的 5 名执行委员中,中共党员就有 3 人。还有一些共产党员担任了主官,如卢德铭担任了武汉政府警卫团团长,史可轩担任了西安中山军事政治学校校长,徐向前和郭化若分别担任了武汉中央军事政治学校工兵大队队长和炮兵队队长。

中国共产党借鉴国民党"党军"机制的经验,在国民党军队中建立了自己的组织,受国共合作形式的限制,它的活动是秘密进行的。周恩来在黄埔军校秘密建立了中共黄埔直属支部,这是中国共产党在军队系统中建立的第一个党组织,1926 年扩大为中共黄埔特别支部。随后,共产党人又在国民革命军叶挺独立团中建立党的组织,成立党支部,下设 6 个党小组,这是中国共产党在其直接领导的作战部队中建立的第一个党支部,该党支部直属中共两广区委领导。中国共产党还在国民革命军的其他部队,以及冯玉祥国民军联军中建立了党的组织。到大革命后期,凡是党直接掌握的军队,均设有党组织,其组织形式已发展为团总支、营支部、连小组。

★ 叶挺

中国共产党在此时期发展自己的武装,掌握了一定数量的军队。叶挺独立团,就是中国共产党直接控制下的一支军队。全团共有 80 余名共

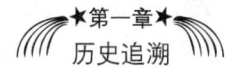

产党员,半数以上的军官是共产党员。中国共产党在叶挺独立团中建立了一套比较严密的党组织制度,在团部建有党支部,在营、连、队建有党小组。各级党组织的坚强领导,加上共产党员的先锋模范作用,使得叶挺独立团具有很强的战斗力。周士第任团长的第二十七团、卢德铭任团长的武汉政府警卫团、蒋先云任团长的第七十七团、朱德任团长的南昌军官教育团、张兆丰任师长的国民军第五军第三师等部队,都是党直接领导和掌握的革命武装。此外,中央军事政治学校武汉分校、西安中山政治军事学校(校长史可轩、政治处处长兼政治教官邓小平、总队长许权中等都为中共党员)等也都掌握在中国共产党的手中。这些部队是南昌起义、秋收起义、广州起义和其他起义最重要的革命力量。

中国共产党不断建立和完善党的各级军事领导机构。中国共产党内最早负责军事工作的领导人周恩来在这方面做了大量的工作。旅欧期间,周恩来就在中共旅欧支部中设立了军事部。1924年,中国共产党在两广区委设立军事部,由周恩来担任部长。随后,中国共产党又在中共湖北区委、湖南区委、江浙区委、北方区委、豫陕区委、上海区委、重庆地委、江西地委等地方领导机构中设立了军事部、军委或军事特派员。1925年12月,中共中央军事部建立,张国焘担任部长。1926年底,中共中央军事委员会成立,取代中共中央军事部,周恩来任书记,聂荣臻任前敌委员会书记。这一时期,中共中央军事部及后来的中央军事委员会的主要任务是指导中共党组织在国民革命军中开展工作,同时还要指导中共党组织开展工农运动,培养党的军事干部。1927年4月至5月召开的

★聂荣臻

中国共产党第五次全国代表大会,成立了党的中央军事委员会。中央军事委员会在中共政治局常委的领导下开展工作,周恩来任书记,王一飞任秘书长,聂荣臻任参谋长,欧阳钦任组织科长。

在国共合作的形式下进行的大革命,沉重打击了北洋军阀的统治。然而,1927年4月12日,蒋介石等人背叛革命,屠杀共产党人和革命群众,轰轰烈烈的大革命最终失败。

中国共产党人从血泊中爬起来,毅然决然地开展武装斗争,创建自己的军队,建设由中国共产党绝对领导的军事制度,把中国革命推进到一个全新的发展阶段。

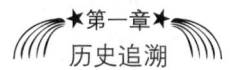

拓展阅读

(一)

中国共产党第一次全国代表大会通过的党的纲领

关于军事问题的规定

1. 革命军队必须与无产阶级一起推翻资产阶级的政权,必须援助工人阶级,直到社会阶级区分消除的时候;

2. 直至阶级斗争结束为止,即直到社会的阶级区分消灭为止,承认无产阶级专政。

(二)

中国共产党第二次全国代表大会发表的宣言

关于军事问题的规定

1. 消除内乱,打倒军阀,建设国内和平;

2. 推翻国际帝国主义的压迫,达到中华民族完全独立;

3. 统一中国本部(东三省在内)为真正民主共和国。

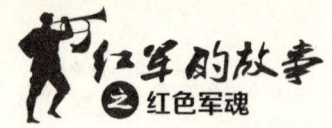

第二章 军魂初创

1927年大革命失败后,中国共产党领导和发动一系列武装起义,创建人民军队,建设革命根据地,初步建立党对军队绝对领导的制度。

在重心转移中孕育

大革命失败后,中国革命转入低潮。难以计数的共产党员和革命群众被国民党反动派杀害,全国各地的共产党组织和其他进步组织被取缔,中国共产党被迫转入地下活动。在严峻的局势面前,中共中央总书记陈独秀却显得一筹莫展。为了挽救和复兴中国革命,鉴于陈独秀的右倾错误,根据共产国际执行委员会的指示,1927年7月12日,中共中央进行了改组,成立由张国焘负责的中国共产党临时中央政治局常务委员会,成员包括张国焘、周恩来、李维汉、李立三、张太雷、瞿秋白(后参加)。次日,中共中央发表《对政局宣言》,强烈谴责以汪精卫为首的武汉国民政府背叛孙中山的三大政策,指出大革命胜利的原因在于中国人民的努力,尤其是工农群众的努力,并且有"各种被压迫阶级因反抗一切剥削而团结的坚固的革命联盟"。宣言决定"撤回参加国民政府的共产党员",坚定地表示中国共产党将不屈不挠地继续坚持反对帝国主义、反对军阀、反对封建主义的斗争,坚持巩固与世界无产阶级、被压迫民族及苏联的联盟,坚持为广大

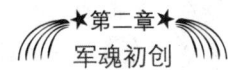

第二章 军魂初创

工人、农民、士兵及小资产阶级的利益而斗争,"永久站在国民革命的最前线"。党中央领导机构的改组和《对政局宣言》的发表表明,在残酷的现实面前,中国共产党人没有被国民党反动派的强暴所吓倒,而是奋起抗争。

在中国共产党生死攸关的危急关头,中共临时中央政治局常委张国焘、周恩来、李维汉、李立三、张太雷经过商议,果断做出了三项重大决策:第一,将中国共产党所掌握和影响的部队向南昌集中,准备发动起义,武装反对国民党;第二,在中国共产党影响较大、力量较强的湘、鄂、粤、赣4省组织农民进行秋收起义,开展土地革命;第三,在近期召开一次中央会议,讨论决定国共合作破裂后的新政策。

1927年8月7日,中共中央在湖北汉口召开中央紧急会议。因为出席的中央委员不到半数,所以这次会议既不是中央全会,也不是中央政治局会议,故称为中央紧急会议,史称"八七会议"。出席会议的一共有22人,其中中央委员有李维汉、瞿秋白、张太雷、邓中夏、任弼时、苏兆征、罗亦农、陈乔年、蔡和森等,候补中央委员有毛泽东等,中央监察委员有杨匏安、王荷波等,王一飞以中央军委代表的身份参加了会议。

这次会议是在共产国际的指导下召开的,共产国际代表罗明纳兹和纽曼、洛蜀莫娃出席了为期一天的会议。会议由李维汉主持。第一项议程

★八七会议会址

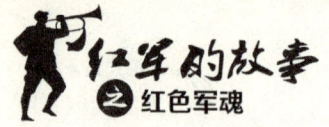

是听取和讨论共产国际代表的报告。会议首先由罗明纳兹作题为《党的过去错误及新的路线》的报告。罗明纳兹是奉共产国际的紧急指示来到中国的,接替被共产国际认为犯了错误的罗易、鲍罗廷等人的工作。罗明纳兹否认共产国际对大革命失败负有重要责任这一事实,秉承斯大林的意图,指责原中共中央总书记陈独秀犯有右倾投降主义错误,把大革命失败的责任全部加在了陈独秀的身上。然后,罗明纳兹就《中国共产党中央执行委员会告全党党员书》草案的主要内容作了长篇发言。罗明纳兹把陈独秀的错误概括为四项:一是在同国民党关系问题上,完全放弃共产党独立的政治立场,实行妥协退让政策;二是在革命武装问题上,没有建立工农军队,没有武装工农,反而下令解散工人纠察队;三是在土地革命问题上,没有提出解决农民土地问题的革命纲领,没有支持和领导农民开展土地革命;四是在党内生活问题上,不受群众监督,党内缺乏民主生活。他特别强调,中国共产党必须严格执行共产国际的指示。

共产国际代表报告之后,在进行会议讨论时,毛泽东作了深刻的讲话。此前,毛泽东多次建议中央重视军事问题,但他的建议一再被共产国际代表和陈独秀否决。借这个机会,他系统地阐述了自己的意见。关于军事问题,毛泽东慷慨陈词,说:"对军事方面,从前我们骂中山(孙中山)专做军事运动,我们则恰恰相反,不做军事运动,专做民众运动。蒋、唐(蒋介石、唐生智)都是拿枪杆子起的,我们独不管。现在虽已注意,但仍无坚决的概念。比如秋收暴动非军事不可,此次会议应重视此问题,新政治局的常委要更加坚强起来注意此问题。湖南这次失败,可说完全由于书生主观的错误。以后要非常注意军事,须知政权是由枪杆子中取得的。"毛泽东的讲话引起与会者的共鸣,邓中夏、蔡和森、罗亦农、任弼时等人在发言中,都支持毛泽东的意见。罗亦农极其愤慨地说:"党不注意夺取政权

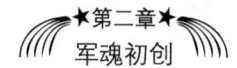

的武装,上海、湖南都是半途而废,这是非常错误的。所以我看中国共产党是革命的做客者,不是革命的主人。"后来,毛泽东的观点被浓缩为一句话:"枪杆子里出政权。"

会议的第二项议程是由瞿秋白代表中共中央常委作报告。瞿秋白在报告中说:"现在主要的是要从土地革命中造出新的力量来,我们的军队则完全是帮助土地革命的。农民要求暴动,各地还有许多的武装,有这样好的机会,这样多的力量,我们必然要点燃这爆发的火线,造成土地革命。"报告提出了今后工作的三条策略:第一,要注意与资产阶级争领导权,要注意揭露汪精卫派民权主义的假面具;第二,要注意群众,团结真正的左派;第三,在革命中组织临时的革命政府。报告在最后还提出要注意做好团结国民党革命左派的工作,以及注意加强军队和士兵中的工作。瞿秋白报告后,会议讨论并通过了《最近农民斗争的议决案》《最近职工运动议决案》《党的组织问题议决案》等文件。

会议的第三项议程是改选中央政治局。会议选举苏兆征、瞿秋白、罗亦农、顾顺章、王荷波、李维汉、彭湃、任弼时等9人为临时中央政治局正式委员,邓中夏、周恩来、毛泽东、彭公达、张太雷、张国焘、李立三7人为政治局候补委员。8月9日,临时中央政治局举行了第一次会议,选举瞿秋白、李维汉、苏兆征为中央政治局常委(11月增加周恩来和罗亦农为常委)。会议还决定由王荷波任北方局书记,蔡和森为秘书;张太雷任广东省委书记;毛泽东去湖南领导秋收起义。

"八七会议"纠正和结束了中国共产党党内的右倾机会主义错误,总结了大革命失败的经验与教训,确定了土地革命和武装反抗国民党反动派的总方针,是中国革命由大革命失败到土地革命战争兴起的历史性转变的标志。会后,中共临时中央政治局派代表到全国各地发动和领导武装起义,

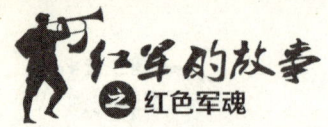

深入农村开展土地革命,党的战略重心开始了转移。

在南昌起义中诞生

中国共产党创建无产阶级政党领导的新型军队领导制度,是从南昌起义开始的。南昌起义是在第一次国共合作破裂,轰轰烈烈的大革命失败的形势下,由中国共产党独立领导的反抗国民党反动派的第一次武装起义,是我们党创建人民军队的开端。南昌起义从始至终都在党中央的领导之下。

★贺龙

1927年7月中旬,临时中央政治局常委会决定派遣李立三、邓中夏、谭平山、恽代英等人赴江西九江,准备联合国民党第二方面军总指挥张发奎举行暴动。而此时的张发奎正处在汪精卫和蒋介石两大反革命集团的夹击之下,他的面前只有两条路:不"分共",即反汪。张发奎不仅左右为难,而且自身难保。最后,张发奎还是决定"分共",他命令部下务必要让"共党分子退出军队或退出共产党"。由于及时发现张发奎不可靠,中共中央根据李立三等人的意见,决定单独发动武装起义,并且获得了共产国际的批准。参加过南昌起义的聂荣臻后来回忆说:"举行南昌起义,是7月中旬中央在武汉开会决定的,我没有参加那次会议。那天晚上,恩来同志在会后到了军委,向在军委工作的几个同志进行了传达。他传达的大意是,

★朱德

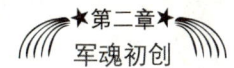

国共分裂了,我们没有别的办法,只有起义。今天,中央会议上做了决定,要在南昌举行起义。恩来同志还说,会议组织前敌委员会,指定他为书记。"

当时,中国共产党能够掌握和影响的部队主要有这样几支:叶挺指挥的第二方面军所辖的第十一军第二十四师,第四军第二十五师第七十三、七十五团,第十师第三十团;贺龙指挥的第二十军;朱德指挥的第五方面军第三军军官教育团和南昌市公安局保安队。因此,如何采取一种正确的方式来领导这些部队进行武装起义,成了起义成功的关键。

制度是人们行动的准则和依据,既然要创建共产党的军队,就必须要创建自己的军事制度。就当时的情况来说,中国共产党有三种选择:一是模仿中国历史上的封建军事制度,但这种制度是阻碍军事现代化的绊脚石,不可能被我们的党选择;二是效仿西方资本主义国家的军事制度,但这不符合中国共产党的性质与奋斗目标,必然被我们的党摒弃;三是由孙中山创建的国民革命军"党军"机制,但由于国共两党的根本性质不同,因此我们党不可能完全照搬这种体制。中国共产党参与创建了国民党"党军"机制,没有因为国民党反动派的背叛,就完全抛弃"党军"机制,而是吸收了这一机制的有益成分,加以改造和发展,形成了中国共产党对人民军队绝对领导的制度。

中国共产党在南昌起义部队中是怎样创建新型军队领导制度的呢?

第一,成立党的组织,作为部队的领导中枢。

7月27日,周恩来从武汉经九江抵达南昌,传达了中央指示后,当天就在城内的江西大旅社正式组建了党的前敌委员会。周恩来担任前敌委员会书记,委员包括周恩来、李立三、彭湃、恽代英、谭平山(后参加),参谋小组由聂荣臻、王一飞、颜昌熙组成。30日,中央代表张国焘也来到南

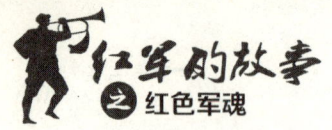

昌。党的前敌委员会是党领导起义部队的最高机关,起义部队所有组织、所有人员、所有工作都接受党的前敌委员会领导,这就把起义部队的最高领导权置于党中央及党的前敌委员手中。为确保党对起义部队的绝对领导,在前敌委员会之下,起义部队各级设立党组织,军、师两级成立党委,团成立党总支或党支部,作为党在军队中的基层组织。这就形成了"党中央—前敌委员会—军、师党委—党总支、党支部"这一完整的党的组织体系。中共中央规定"党的作用高于一切","党的组织是一切组织的根源"。党组织的主要任务是"管理支部生活,执行党的政策,监督军队的行动",规定"一切党的政策均须拿到支部会议或小组会议中讨论,使每个党员都能发表意见,有些并可向非党的群众宣布,使他们认识 C.P.(共产党的代号)的真面目和这部分军队正当的出路"。起义部队在南下途中,仍然注重党的组织建设,加强党的领导。周逸群任师长的第二十军第三师,在转战过程中进一步健全了党组织,师党委之下,每个团都设有党的支部或者分支部小组。

第二,设立党代表,作为部队的政治首长。

党代表制度源于国民党"党军"机制。中国共产党在领导南昌起义时,在军、师两级设立党代表,在团、营、连三级设立政治指导员。前委任命廖乾吾、聂荣臻、朱克靖分别担任第十一军、第二十军、第九军党代表,还任命了各师党代表,各团、营、连政治指导员。前敌委员会规定党代表与同级军事首长同为部队主官,除领导部队党的工作、政治工作外,还负有领导所属部队全面工作的责任。

中国共产党在起义部队中设立党代表,作为部队的最高首长之一,与部队的军事首长互相合作,共同在党委领导下开展工作。党代表的设立,并没有取消军事首长的作用,相反,党代表通过党的各级组织以及政治工作,确保军事首长更好地进行军事指挥。这实际上是党委领导下的军政首长分工负责制的最初形式。

第三,设立政治部,作为部队政治工作的领导机关。

政治工作制度是国民党"党军"机制的重要内容。国民党在黄埔军校、国民革命军中都设立了政治部,但政治部的工作基本上是由中国共产党人负责的,周恩来等众多共产党人在国民革命军中担任了政治部主任。南昌起义时,我们党借鉴了国民革命军政治部经验,建立了军队政治部制度。在第二方面军设立总政治部,由郭沫若担任主任,章伯钧为副主任,统一领导起义部队的政治工作。一些军、师部队也设立

★郭沫若(前排左二)

★章伯钧

了政治部,由党代表兼任政治部主任。政治部以下,一般设组织、宣传、党务三科,在各级党代表和政治部主任领导下开展工作。

第四,发展党员,作为党的领导的基础。

孙中山创建国民党"党军"时,十分注重部队中国民党党员的数量,并以此作为国民党"党军"的一个重要标志。中国共产党在南昌起义部队中开展了吸收党员的工作。1927年8月中旬,起义部队到达江西瑞金一带。27日,前敌委员会在锦江河畔一所小学的教室里举行了庄严的入党宣誓仪式,吸收贺龙等人加入党组织。

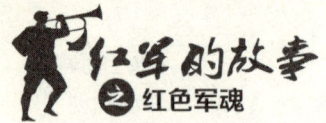

　　参加中国共产党是贺龙的夙愿。1926年8月，担任国民革命军第九军第一师师长的贺龙对国民革命军总政治部派来的共产党员周逸群说："我要参加共产党，你介绍我加入。"当时，中共中央规定，在国民革命军内部不准吸收高级军官入党，周逸群无权决定是否接受贺龙加入共产党，就含糊其词地说："共产党是不关门的，只要够条件，时机一到，一定会有人找你。"1926年9月，贺龙任命周逸群为第一师政治部主任，在部队内建立政治机关，并为各旅、团、营、连编配了政治工作人员，在连队建立了士兵委员会。共产党在第一师的营以下各级官兵中秘密发展党员，建立党支部。贺龙爱将、号称"豹子营"营长的罗忠毅，在周逸群的教育下，积极追求进步，产生了参加共产党的想法。他入党前，特意请示贺龙。贺龙说："好得很，赶快参加，我还要参加呢！"在贺龙的支持下，营长罗忠毅、罗统一、干炳南、贺桂如等先后加入了中国共产党。唐生智派人拉拢贺龙，让他加入国民党，称会委任他当师党委委员，贺龙不屑一顾、斩钉截铁地说："你们那个国民党，我不想加入！"贺龙早就下了决心，跟共产党走到底！

　　1927年4月12日，蒋介石发动反革命政变，革命形势急转直下，白色恐怖笼罩全国。许多军队发生了严重迫害共产党人的事件。在严峻的形势下，已经升为国民革命军第二十军军长的贺龙与周逸群进行了一次坦诚的对话。贺龙说："长沙的许克祥反共了，朱培德也开始把共产党人送出了江西，冯玉祥也将'清党'，看来共产党应有所准备……"他又说："不管局势发生什么变化，多么紧张，我贺龙还是坚决拥护共产党，坚决执行共产党的决定。在我部队里工作的所有共产党员，一个也不要离开，继续在自己的岗位上大胆地工作。无论出什么情况，我贺龙绝对不会做任何对不起共产党的事，在我部队中的共产党人，可以放一百二十个心。"蒋介石派人游说、拉拢贺龙，许诺让他当国民党中央委员、江西省主席，并赠送他一

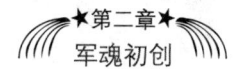

栋地处南京的洋楼,贺龙断然拒绝。6月底,贺龙回到武汉,拜访共产党人林伯渠,表示跟共产党走到底。7月初,武汉国民党集团已经处于叛变革命的前夜。周恩来找到贺龙,向他介绍了当前严峻的革命形势。贺龙说:"我一直追求能让工农大众过上好日子的政党。最后,我认定中国共产党是最好的,我服从共产党的领导,只要共产党相信我,我就别无所求了。"周恩来说:"贺龙同志,我们当然是相信你的,我们有什么理由不相信你呢?"贺龙说:"我很清楚,只有共产党才能救中国,我听共产党的话,决心和蒋介石、汪精卫……拼到底。"

7月23日,贺龙率部抵达九江。中共中央政治局委员谭平山会见贺龙,并告诉贺龙他们准备在南昌举行起义,希望贺龙率领国民革命军第二十军参加。贺龙激动地说:"平山同志,我贺龙感谢党中央对我的信任,也感谢你把这样重大的机密告诉我。我只有一句话,赞成!我完全听从共产党的指示。"谭平山兴奋地说:"我要谢谢你,有二十军参加,胜利的把握就更大了。"贺龙说:"谁也莫谢谁,我们大家一条心,为中国工农做一点点事情嘛!"这时,贺龙成了各种政治势力竭力争取的对象。除了蒋介石、汪精卫一再拉拢外,国民革命军第二方面军第四军军长黄琪翔、第五军总指挥兼江西省主席朱培德都来拜会贺龙,与贺龙拉交情、套近乎,但是贺龙不为所动。

7月27日,贺龙率国民革命军第二十军全部集中南昌后,立即会见中共领导人李立三、谭平山等。7月28日,周恩来代表中央,任命贺龙为起义军总指挥。8月1日,贺龙与周恩来、叶挺、朱德、刘伯承等领导2万余人的革命武装举行起义,打响了武装反抗国民党反动派的第一枪,开始了中国共产党创建人民军队的历史,揭开了中国共产党领导武装斗争的序幕。贺龙以及他参与领导的南昌起义,载入了中国革命的史册。

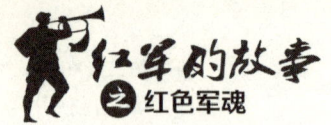

贺龙经历了长期的追求与考验,终于光荣地成为一名共产党员。他这样回忆自己的入党经历:"有的材料写着我七十次找党,算上历次的要求,我也记不清楚了,没有七十次,恐怕也有几十次吧!"

第五,实行民主集中制。

中国共产党与其他政党的一个显著区别是,中国共产党实行民主集中制原则,即少数服从多数,下级服从上级,全党服从中央。这也是党对军队的绝对领导制度中的应有之义。党对军队的领导,采取集体领导的方式,而不是搞个人专断。南昌起义部队的各级党组织,在讨论和决定重大问题时,按照民主集中制原则,充分吸取大家意见,发挥集体智慧的作用。

就在起义紧锣密鼓地准备之时,7月29日,中央代表张国焘奉共产国际指示,连发两份密电给周恩来,要求起义宜慎重,必须等他到达后才能决定。30日早晨,张国焘到达南昌起义秘密指挥部,参加前委召开的紧急会议。张国焘慢条斯理地说:"暴动是件大事,没有充分的把握,切不可轻举妄动。当然喽,如果确有把握,我不反对暴动。"

李立三对张国焘投去不满的目光,说:"什么都准备好了,还再讨论什么!"

周恩来坚定地说:"按计划起义!"

张国焘沉思了一会儿,问:"张发奎同意吗?"中共中央曾准备依靠第二方面军总指挥张发奎的支持举行起义,但是张发奎与汪精卫关系越来越密切,根本就不可能支持中国共产党,这已经不是什么秘密了。张国焘显然是要以此来否决南昌起义的计划。

性情急躁的李立三高声说道:"我们为什么要看张发奎的脸色行事?这是我们党领导的起义,我们不依靠张发奎!"

彭湃说:"南昌起义已经箭在弦上。还有讨论的余地吗?"

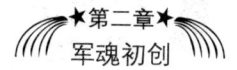

谭平山恼怒地说:"谁要再阻拦起义,就把谁抓起来!"

张国焘见大家都反对自己的意见,只好道出实情,说:"共产国际指示,如果南昌起义没有成功的希望,最好不要发动。加仑将军主张放弃起义。"

恽代英盯着张国焘,说:"如果你再动摇人心,就要打倒你!"

一向温文尔雅的周恩来,这时也气愤地用力一拍桌子,"腾"地站了起来,双目直逼张国焘,大声说道:"国际代表及中央给我的任务是叫我来主持这个运动,现在给你的命令又如此,我不能负责了,我即刻回汉口去吧!"

在座其他人也都纷纷反对张国焘的意见。张国焘苦笑了一声,说:"这毕竟关系到几万人的生命,大家还是再考虑考虑吧!明天再议。"第二天早上,再次开会研究,大多数人还是主张起义。其实,张国焘对共产国际随意否决中共中央的决定也不满,这时,他顺水推舟,说:"党的原则是少数服从多数。既然大家都赞成起义,那就按计划起义吧。"排除了外部和内部的干扰,起义的事情就好办得多了。

毛泽东多次提出把"党领导军队"还是"个人领导军队"看作新型人民军队和旧军队的分水岭。兵权掌握在个人手里的军事领导制度,不仅是辛亥革命以来军阀割据混战的重要原因,也是国民革命军蜕变为蒋介石个人工具,最终致使大革命失败的重要原因。中国共产党在领导南昌起义时,由党中央行使最高领导权,在部队中设置党组织、党代表和政治部,实行民主集中制原则,初步形成了党对军队的绝对领导制度,从根本上解决了"兵归将有,兵随将走"这种个人掌握军队的旧式军队领导制度的积弊,标志着现代史上一种全新的军事制度的诞生。晚清时期文职督抚独揽军政大权,辛亥革命后实行军人政治型的军阀专政,大革命时期实行以党领军的

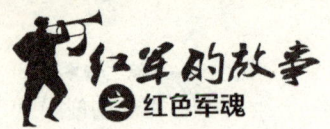

"党军"机制。南昌起义之后,中国共产党创造和发展了党对军队绝对领导的制度,真正消除了军阀政治,使军队回归正常角色,成功实现了现代军事制度的转型,为人民军队的发展壮大和革命战争的胜利做了充分准备。但由于缺乏经验,南昌起义部队中党对军队的领导制度还存在一些缺陷,比如起义的重大决策必须报请共产国际批准,党中央不能独立自主地决策;党的前敌委员会实际上不能发挥"领导暴动的重心"的作用,与各部队很大程度上是"友谊的协商"的关系;党的领导主要依靠部队党员的作用来体现,党组织的功能未能充分发挥。南昌起义时,在参加起义的各部队中大约有3000名共产党员,他们在战斗中冲锋在前、牺牲在前,发挥了先锋模范作用。比如叶挺部第七十二团教导队中队长、共产党员陈守礼带领十几名队员,为保卫团部,英勇打退敌人数次疯狂进攻,身中数弹后壮烈牺牲。但当时党的军事领导制度不完备,影响了部队的战斗力。特别是党支部建在团上,离基层官兵较远,不利于党掌握基层部队,不断有士兵因革命目标不明确而脱队,或者在作战时投降。聂荣臻后来回忆说:"这件事,再一次给了我一个深刻的认识,刚起义的军队要成为坚强的革命军队,非经彻底改造不可。否则,一旦有个什么风浪,是经不起的。"

在三湾改编中形成

举行秋收起义,是中共中央的决定,并得到了共产国际的批准。

中央决定,由毛泽东担任特派员,回湖南领导秋收起义。1927年8月12日,毛泽东秘密回到长沙,在对湖南各方面情况进行了充分的调查研究后,于18日出席在长沙市郊召开的湖南省委会议,对起义中的几个重要问题,提出了自己的主张。第一,关于举什么旗帜的问题。中央原规定,要

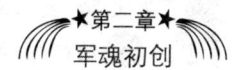

打国民党左派的旗帜。毛泽东在给中央的信中说："国民党旗子已成军阀的旗子，只有共产党旗子才是人民的旗子。这一点我在鄂时还不大觉得，到湖南来这几天，看见唐生智的省党部是那样，而人民对之则是这样，便可以断定国民党的旗子真不能打了。"毛泽东坚决主张，在秋收起义时"我们应高高打出共产党的旗子"。第二，关于暴动的依靠力量的问题。中央认为，暴动应该主要依靠工农的力量，军队只能起次要作用。毛泽东提出："暴动的发展是要夺取政权。要夺取政权，没有兵力的拥卫或去夺取，这是自欺的话。我们党从前的错误，就是忽略了军事，现在应以百分之六十的精力注意军事运动，实行枪杆子上夺取政权，建设政权。"第三，关于土地问题。八七会议决定，只没收大地主的土地。毛泽东认为，中国大地主少，只没收大地主的土地不能满足农民的需要，必须没收所有地主的土地，但要把被没收土地的地主安排好。第四，关于暴动区域的问题。中央要求在湖南省全境举行暴动，但是毛泽东根据湖南的实际情况，决定缩小范围，以长沙为暴动的中心。

　　毛泽东随后给中央写了封信，汇报了自己的意见。党中央为此召开常委会议，研究了毛泽东的意见，并在回信中批评了毛泽东，要求毛泽东执行中央的决定。但是，毛泽东仍然坚持自己的意见。在毛泽东的主持下，湖南省委制定了明确的暴动纲领，主要内容有五点：一是省的共产党组织同国民党完全脱离关系，二是组织工农革命军，三是没收大地主以及中、小地主的土地财产，四是在湖南建立独立于国民党的共产党的力量，五是组织工农兵苏维埃。毛泽东根据实际情况，提出与共产国际、中共中央的意见不同的正确意见，表现了一种独立自主、实事求是的精神，这正是坚持党对军队绝对领导所必须具备的品质。毛泽东从参与军事活动的第一天起，就坚持从中国实际情况出发，批判地运用其他国家经验，创造性地执

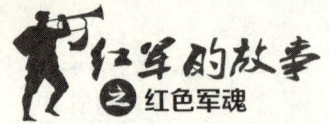

行中央指示,把马克思主义基本原理同中国国情结合起来,走自己的路,独立自主地探索中国革命道路。没有这样一种探索精神,中国共产党人就不可能创建党对人民军队绝对领导是其重要组成部分的中国特色基本军事制度。

根据中央指示,毛泽东对中共湖南省委进行了改组,成立以毛泽东为书记的中共湖南省委前敌委员会,作为秋收起义的领导机关,成员包括各军事负责人。同时成立中共湖南省委行动委员会,由起义地区各地方党委负责人组成,任命易礼容为书记,负责地方工作。为了与国民党彻底划清界限,起义部队旗帜鲜明地以中国共产党的名义号召群众,废弃国民革命军的番号,统一编为中国工农革命军第一军第一师,卢德铭任总指挥,余洒度任师长,下辖3个团:以原武汉国民政府警卫团为主力改编的第一团,团长钟文璋,指导员李汉文;安源工人纠察队、矿警队和萍乡等地的农民自卫军编成的第二团,团长王新亚,党代表张明山;原武汉国民政府警卫团的一个营和浏阳部分工农武装编成的第三团,团长苏先骏,党代表先是潘沁源,后是徐麒。参加起义部队的共约5000人。

1927年9月9日,起义开始。9月11日,毛泽东率领苏先骏的第三团攻打浏阳县白沙镇(今归属于浏阳市大围山镇),首战告捷,毛泽东高兴地称之为"旗开得胜"。然而,由于敌我力量悬殊,随后的起义行动严重受挫。毛泽东当机立断,决定放弃攻打长沙的计划,并以前委书记的名义通知起义各部队到浏阳县文家市集结。9月19日,各路起义部队到达文家市。当晚毛泽东主持召开前敌委员会会议,决定改变行动计划,保存实力,向敌人统治力量薄弱的农村去坚持武装斗争,发展革命力量。9月20日上午,起义部队1500余人离开文家市向南进发。9月23日,起义部队在芦溪镇遭到反动军队伏击,损失了数百人,总指挥卢德铭壮烈牺牲。9月29日,毛

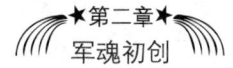

泽东率领秋收起义余部,辗转来到江西省永新县三湾村。

自从转兵南下以来,工农革命军不断遭受反动地方民团袭击,加上疟疾流行,许多人患病死亡,部队人数一天比一天少。官兵中失败情绪越来越浓,就连师长余洒度都对革命前途悲观失望,心灰意冷。在行军途中,许多人不辞而别,悄悄离开了部队,另寻出路。还有一些人投入了国民党军队的怀抱。一营一连的一个排在排长的唆使下,利用放哨的机会全部逃跑了,并且带走了所有的武器。那时,逃跑变成了公开的事,那些意志不坚定的人互相询问:"你走不走?""你准备上哪儿去?"起义部队本来有5000多人,此时只剩下几百人了。就连这几百人,也是萎靡不振、思想混乱。队伍真的就要垮了!

在这种情况下,9月29日,秋收起义部队来到三湾村。三湾村位于江西省永新、宁冈、莲花、茶陵4县交界的九陇山北麓,是个人烟稀少的偏僻小山村,群山环抱,环境优美,附近没有国民党正规军,也没有反动民团,既安全又安静,的确是部队休整的好地方。毛泽东决定安排部队在三湾村进行休整。

在连日的行军途中,毛泽东和普通战士一样穿着草鞋。他的双脚被磨破了,每走一步,都钻心地疼。除了行军的艰苦,毛泽东还得思考这支部队的命运问题,因而比别人更疲倦。毛泽东顾不上休息,深入到战士中,找许多战士谈心,了解部队的情况和战士的思想情绪。毛泽东发现,部队里党组织不健全、思想混乱、管理松懈,最突出的问题是整个部队没有主心骨。这个问题该怎么解决?毛泽东意识到,只有确立军魂才能挽救这支即将失败的部队!毛泽东想起建党初期自己在湖南创立党支部的经验,心里拿定了主意。

村中有一家叫"泰和祥"的杂货铺,到达三湾村的当天晚上,毛泽东

红军的故事 之 红色军魂

★三湾改编纪念馆

在这里主持召开前委会议,讨论如何解决部队士气低落的问题。微弱的灯光,投射到每个人疲惫的脸上。大家各抒己见,议论纷纷。听了大家的发言,毛泽东放下手中的香烟,说:"我看,只有把党建在连上才行。"

"党建在连上,"师长余洒度反问道,"这样行吗?"

毛泽东胸有成竹地说:"我看行。大家想想,大革命时候,叶挺独立团为什么战斗力特别强?就是因为支部建在团上嘛。连队是最基层的单位,我们把党支部建在连上,让党支部发挥堡垒作用,就可以把连队掌握在党的手里。"

大家七嘴八舌地议论起来,有怀疑的,也有赞成的。最后大家形成一致意见:对起义部队进行整顿和改编,实行党支部建在连上这一新的制度。会议结束时,东方已经露出了鱼肚白。

30日上午,早饭后,司号员吹响了集合号。大家无精打采地从各个方向向村头的枫树下集合。毛泽东站在队伍的前面,挺起胸膛,用浓重的湖南口音说:"同志们!敌人只是在我们后面放冷枪,没什么了不起,大家都是娘生的,敌人有两只脚,我们也有两只脚。贺龙在家乡两把菜刀起家,现在当军长了。我们有近千人还怕什么？……没有挫折和失败，革命是不会成功的！"接着，他宣布了三项决定：第一，把原来的工农革命军第一军第一师缩编为1个团，下辖2个营、1个特务连、1个军官队、1个辎重队和1个卫生队，共有700多支枪，称作工农革命军第一军第一师第一团，由陈浩担任团长；第二，党组织建立在连上，设立党代表制度，排有党小组，班有党员，营、团以上有党委，全军由前委统一领导；第三，连队建立士兵委员会，实行官兵平等、经济公平，破除旧军队雇佣关系。毛泽东还宣布了行军纪律：一切行动听指挥，筹款要归公，不乱拿群众一个红薯。毛泽东说："我们是共产党领导的军队，只有严格遵守这三项纪律，我们才能搞好和群众的关系。"

通过改编，毛泽东在部队中建立了完整的党的领导制度，形成了"党中央—前敌委员会—党委—党支部—党小组"这样一个结构完备的领导体系，完善了诞生于南昌起义的党对军队实行领导的制度，标志着党对中国工农红军实施绝对领导制度的初创工作基本完成。

随后，部队按照毛泽东宣布的决定进行整顿和改编。

三湾改编一结束，毛泽东就决定从优秀战士中吸收一批党员，并亲自主持入党仪式，建立连队党支部。

1927年10月15日晚，陈士榘、赖毅、鄢辉等6名士兵，怀着激动的心情走进酃县（今湖南省炎陵县）水口街叶家祠堂的阁楼。阁楼里摆着几条长板凳，靠北墙的一张四方桌上放着一盏菜油灯，桌边上挂着两张长方形的红纸，上面分别写着入党誓词和3个外文字母"CCP"。会场上静寂无声。

毛泽东和各营、连党代表准时来到了会场。毛泽东扫视会场一周，大声宣布："人已到齐，入党仪式开始！"

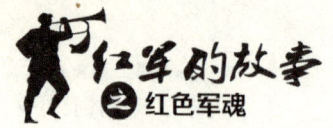

6名新党员首先分别介绍了自己的情况和入党目的,每个介绍人分别谈了新党员的政治表现以及简历。随后,毛泽东走到6名新党员面前,庄重地问道:"你们为什么要加入中国共产党?"

6个人异口同声地回答:"要翻身,要打倒土豪劣绅,要更坚决地干革命!"

毛泽东郑重地举起右手,紧握拳头,带领新党员宣誓。毛泽东读一句,6位同志也跟着读一句:"严守秘密,服从纪律,牺牲个人,阶级斗争,努力革命,永不叛党。"

庄严而洪亮的声音在这个破旧的小阁楼里久久回荡。

宣誓仪式结束后,毛泽东发表了即席讲话。他语重心长地对陈士榘等人说:"从现在起,你们就是光荣的共产党员了,共产党员就要不怕吃苦,不怕牺牲,团结群众多做工作。要严格组织生活,党的秘密不能乱讲,互相帮助。"

然后,毛泽东宣布,在党员最多的一营二连建立支部,这是中国共产党在连队正式建立的第一个党支部,史称"水口建党"。随后,其他连队也陆续建立了党支部。水口建党将"支部建在连上"的原则付诸实践,成为人民军队政治工作史上的一项创举。有了党的领导核心和基层党组织,连队立刻有了灵魂。连里的政治氛围逐渐浓厚,党员数量逐渐增多,各种工作迅速开展起来,政治军事素质有了很大提高,逃跑事件也很少发生了。1928年11月,毛泽东在《井冈山的斗争》一文中指出:"红军之所以艰难奋战而不溃散,'支部建在连上'是一个重要原因。"

经过三湾改编,工农革命军脱胎换骨般,以崭新的人民军队的崇高形象出现在世人面前!官兵们精神饱满,士气高昂,纪律严明,对群众秋毫无犯。秋收起义部队到达三湾村之前,当地的老百姓受国民党反动派的宣

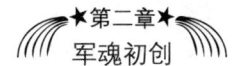

传影响,都跑进山中躲藏起来了。此时有位村民悄悄下山,发现这支部队与以往的部队大不一样,不但不砸门抢劫,反而帮着把耕牛看好,把水缸倒满水。他马上把这一情况告诉了山里的人们。大家纷纷下山来,发现果然如此。村民们感动极了,抢着给部队送吃的和喝的。6天之后,这支部队在村民们依依不舍的送别中踏上了新的征程。10月27日,秋收起义部队到达罗霄山脉中段井冈山的茨坪,中国工农红军进入一个新的发展阶段。

后来,这支部队为中国革命建立了不朽的功勋,但到革命胜利时幸存的只有60来人。从他们当中走出的共和国元帅和将军被人们亲切地称为"三湾将军"。

通过三湾改编,党的组织在部队形成了系统,党支部掌握了基层,党对军队领导的制度得以确立。党的领导的加强,改变了旧式军队的习气和自由散漫作风,部队面貌焕然一新,凝聚力、战斗力空前提高。罗荣桓亲历了这次改编,他说:"三湾改编,实际上是我军的新生,正是从这时开始,确立了党对军队的领导。如果不是这样,红军即使不被强大的敌人消灭,也只能变成流寇。"

三湾改编是建设新型人民军队的重要开端,其"新"在于创立了一套科学的军事制度。它创造性地确立了党指挥枪、支部建在连上、官兵平等等一整套治军方略。研究表明,在几何学上,正三角形是稳定性、美观性最好的图形之一。党支部建在连上制度,包含了多重"三边关系"。

一是党支部、党小组、党员间的"三边关系"。连队建立党支部,作为最高领导机关,对全连所有组织、所有人员、所有工作实行统一的集体领导。排建立党小组,在党支部的统一领导下,团结、教育和管理党员,具体组织和指导每个党员在各项工作中发挥先锋模范作用,以实际行动来实现党支部的决议,保证党支部各项任务的完成。班有党员,充当联系广大

群众与党支部的桥梁与纽带,通过自身的模范行动,影响和带领其余官兵为实现党的任务共同奋斗。当时,党员数量很少,难以构建这种"三边关系"。于是,毛泽东提出了发展出身于工农家庭、作战英勇的士兵入党的想法。他还说:"我观察过,凡是拥有一定数量党员的连队,士气就高,作战英勇,长官也能得到有效的民主监督。"按照毛泽东的指示,各连队都发展了一批工农出身、表现优秀的战士入党,使得各个连队建立起党支部。这种安排,既能保证党的领导直接落实到每一名官兵,又能把每一名官兵的思想、愿望直接反映给党支部,实现了连队的集体意志与个人意志的高度统一,同时又最大限度地发挥出党支部的战斗堡垒作用、领导干部的模范带头作用和共产党员的先锋模范作用。

二是党支部、连长、党代表间的"三边关系"。连队所有重大问题,由党支部集体研究决定,军事工作由连长组织实施,政治工作由党代表组织实施。党代表制度来源于大革命时期的国民党军队,三湾改编时,毛泽东对这一制度进行了重大改革。军队在连以上设立党代表,担任党支部书记,负责连队的政治工作,与连长共同对党支部负责,形成了党支部领导下的双首长负责制。后来,毛泽东评价说:"党代表制度,经验证明不能废除。特别是在连一级,因党的支部建设在连上,党代表更为重要。他要督促士兵委员会进行政治训练,指导民运工作,同时要担任党的支部书记。事实证明,哪一个连的党代表较好,哪一个连就较健全,而连长在政治上却不易有这样大的作用。"这种制度既保证了党支部的统一领导,又充分发挥了首长个人的积极性。

三是党组织、军事组织、群众组织间的"三边关系"。党在连队建立组织,并不是在军事组织之外另搞一套机构,而是与军事组织有机融合。党支部、党小组、党员与连、排、班一一对应,通过连队现有的军事组织,

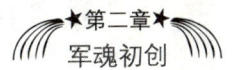

实现党的领导。作为连队群众组织的士兵委员会,是在军队内部发展民主的基本形式。曾经担任过士兵委员会主席的宋任穷后来回忆说:"我在营里担任士兵委员会主席,士兵委员会是选举产生的。按选举名额,由连里选出一些委员来,3个连的委员组成营士兵委员会。士兵委员会没有设立什么机关,没有专职办公,只是遇事开会研究。士兵委员会是党代表工作的一个重要组成部分。士兵委员会的工作,主要放在连里面,一个是政治民主,一个是经济民主,分伙食委员,管理伙食,管理经济。那时来自旧军队的军官很多,打人骂人的军阀习气严重,士兵委员会就同他们那种旧习气作斗争。"旧军队长官打骂战士的制度被废除了,形成了官兵一致、上下平等的新型官兵关系,战士的各种利益得到了切实的保障,第一次体会到了当家做主的感觉,革命热情被大大地激发出来,部队的凝聚力、战斗力大大增强。

四是党的政治领导、思想领导、组织领导间的"三边关系"。党的领导的基本途径就是政治领导、思想领导、组织领导。通过政治领导,确保所有官兵坚决执行党的路线方针政策,完成党的政治任务。通过思想领导,把进步的政治精神灌注到官兵脑海中去,用马克思主义武装官兵头脑,帮助官兵确立强大的精神支柱。通过组织领导,确保所有人员团结在党的周围,把每一名官兵牢牢掌握在党组织的手里,使连队成为一个坚强的战斗集体。这种政治设计,把整个连队凝聚在党的旗帜下,让每名官兵与党在政治上、思想上、组织上保持高度一致。

五是党支部、党委、前委间的"三边关系"。连队建立党支部、营团建立党委,党支部与党委统一接受以毛泽东为书记的前委的领导。整支部队,连队党支部是基础,营团党委为中间环节,前委为部队最高领导机关,环环相扣,结构严谨,运行流畅,层次清晰,分工明确。这种制度架构既保

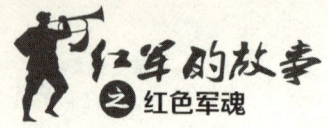

证了全军的集中统一，又有利于发挥各级党组织的作用。

几何学告诉我们，在正三角形中，必须有一个重心，否则这个正三角形就立不住。在党支部制度中，党的领导是核心所在，是整支部队的魂。所有组织、所有制度、所有工作、所有人员，全部围绕党的领导展开，都为实现党的领导服务。

在三湾改编中形成的支部建在连上制度，是我军发展史上的一块里程碑。从那时起，我军的组织体制虽然经历了许多次重大调整、改革，但始终如一地坚持支部建在连上制度。党的历届领导人，无不充分肯定这一制度，反复要求全军要毫不动摇地坚持这一制度。

中国共产党领导人民军队不但善于打破旧制度，而且善于建设科学的新制度。问世于三湾改编中的支部建在连上制度，必将在人民军队的发展壮大中不断巩固、发展和完善！

拓展阅读

"三湾将军"名录

军衔	姓名	生卒年	籍贯	三湾改编时担任职务
元帅	罗荣桓	1902—1963	湖南衡山	第一团特务连党代表
大将	谭政	1906—1988	湖南湘乡	第一团团部书记
上将	宋任穷	1909—2005	湖南浏阳	第一团第三营七连文书
上将	张宗逊	1908—1998	陕西渭南	第一团团部参谋
上将	陈士榘	1909—1995	湖北武昌	第一团第一营第一连战士
上将	陈伯钧	1910—1974	四川达县	第一团第三营第八连一排长
上将	黄永胜	1910—1983	湖北咸宁	第一团第三营第九连四班长
中将	刘先胜	1901—1977	湖南湘潭	第一团某连连长
中将	杨梅生	1905—1978	湖南湘潭	第一团第一营第一连班长
中将	张令彬	1902—1987	湖南平江	第一团战士
中将	韩伟	1906—1992	湖北黄陂	第一团第一营第二连三排长
中将	赖毅	1903—1989	湖南平江	第一团第一营第二连一班长
中将	谭希林	1908—1970	湖南长沙	第一团第一营二连某排排长
少将	王耀南	1911—1984	江西萍乡	第一团第一营第一连一班长
少将	龙开富	1908—1977	湖南茶陵	第一团战士,毛泽东的勤务员
少将	杨世明	1908—1986	湖南浏阳	第一师第一团战士
少将	余光文	1902—1985	湖南平江	第一师第一团战士

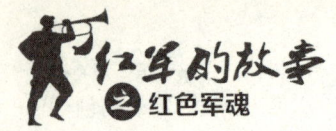

第三章 巩固发展

"山下旌旗在望,山头鼓角相闻。敌军围困万千重,我自岿然不动。早已森严壁垒,更加众志成城。黄洋界上炮声隆,报道敌军宵遁。"这是毛泽东描写井冈山革命斗争的一首词——《西江月·井冈山》。井冈山地处湘东、赣西边界,南岭北支、罗霄山脉中段,介于湖南酃县和江西宁冈、遂川、永新4县交界处,面积约4000平方公里。井冈山地形复杂、易守难攻,加上群众基础好,非常适合红军的生存与发展。1927年底,毛泽东率领秋收起义部队的余部到达井冈山,争取和改造了袁文才、王佐的部队,开辟了井冈山革命根据地。朱德、彭德怀等人率领部队来到井冈山,更加壮大了红军的力量。在井冈山革命根据地的艰苦岁月里,党对军队绝对领导的制度得到巩固和发展。

改造袁王自卫军

井冈山被称为"中国革命第一山",并不是因为它风光旖旎、气候宜人,而是因为它是中国共产党开辟的第一块革命根据地,是中国革命由失败走向胜利的起点。在工农革命军到达井冈山之前,这里活跃着两支农民武装,他们的首领分别叫袁文才、王佐。

袁文才,1898年10月出生于江西省宁冈县茅坪马源村一个贫苦农民家庭，1921年考入永新县禾川中学，在当地是有文化的人。早年为反抗土豪劣绅的压迫，参加了当地的马刀队，任参谋长，在斗争中积累了一些

★袁文才

★王佐

军事经验。1926年9月，在中共宁冈县支部的领导下，袁文才发动宁冈暴动，建立农民自卫军，任总指挥。同年11月，加入中国共产党。

王佐，1898年出生于井冈山地区，原名王云辉，做过裁缝。1923年参加绿林武装，1925年所部被当地政府收为新遂边陲保卫团，历任副团长、团长，后为躲避地方豪绅追杀，重新恢复了原来的队伍。1927年，在遂川县农民协会帮助下，王佐将所部改称农民自卫军，支持遂川农民运动。

袁文才和王佐是拜把兄弟，两人关系密切。1927年7月，他们率所部与永新、永福、莲花的农民自卫军发动永新暴动，攻克永新县城，营救被捕的革命同志，并担任赣西农民自卫军副总指挥。暴动失败后，袁文才率部退守到井冈山北麓的宁冈茅坪，王佐则退守到井冈山上的茨坪和"大小五井"等处坚持斗争。他们各有150多人、60支枪。他们依据险峻地形，一个在山下，一个在山上，遥相呼应，互为犄角。国民党永新县警备团几次对他们发动围攻，均未奏效。

1927年10月3日，毛泽东率领秋收起义部队进驻宁冈县古城镇，主持召开前委扩大会议，讨论部队行动方向。有人向毛泽东介绍了袁文才、王佐的情况。在讨论如何解决袁文才、王佐问题时，有人说："这两支武装打的虽然是农民自卫军的旗号，实际上是绿林，土匪习气很重。他们人数不

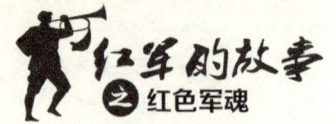

多,不如干脆用武力把他们解决了。"此话一出口,立即有人附和说:"这样也好,我们就可以占领井冈山,作为立足和发展的地盘了。"毛泽东连连摆手,说:"使不得,使不得。袁文才、王佐的部队虽然不是共产党的部队,可他们专门劫富济贫,不侵犯群众利益,深受老百姓的拥护,我们打他们,就会失去老百姓的支持。中国三山五岳的土匪多着呢,历史上哪个朝代把三山五岳的土匪全部消灭了?三山五岳联合起来,就是一支大队伍。我们共产党人就是要心比天大,我们要把他们争取过来。我们也要上山当'山大王',当然我们要当革命的'山大王'。中国革命离不开农民,农民是我们最可靠的朋友。我们要把这些大大小小的'山大王'全部团结起来,共同革命。袁文才、王佐都参加过革命,支持过共产党,袁文才还是共产党员呢,我们可以先争取袁文才,然后通过袁文才争取团结王佐。"与会同志基本赞成毛泽东的意见。

10月6日,毛泽东通过宁冈县委书记龙超清,与袁文才相约在离茅坪不远的大仓村见面。袁文才戒备心很重,担心毛泽东的部队会把自己"吃掉",预先在村中的林家祠堂埋伏了20多人。两人会面后,袁文才发现,毛泽东只带了几个人,心里的一块石头落了地。毛泽东握着袁文才的手,说:"袁文才同志,我们听江西省委介绍了,你们斗争很英勇,多次把国民党部队的进攻打退了,了不起!了不起!"袁文才拱拱手,说:"我们只不过会绕山打圈圈。"

袁文才请毛泽东等人进了祠堂,双方分宾主坐下。毛泽东充分肯定袁文才反抗豪绅地主阶级的革命精神,详细分析了当时的政治形势,指明革命的道路和前途,并当场宣布向袁文才的部队赠送100多支枪、一些马鞍及手枪套。毛泽东诚恳的态度感动了袁文才,他说:"既然你们来了,我们之间就应当有福同享,有难同当,伤员和部队的粮食我管。可是宁冈地方

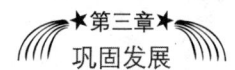

狭小，经济问题还得另想办法。"显然，袁文才对工农革命军的戒备心理并没有完全消除。毛泽东决定，先在井冈山周围打游击，逐步争取袁文才。不久，毛泽东指挥工农革命军在湖南鄿县水口一带打游击，消灭了一部分反动军队，这才取得了袁文才的信任。在袁文才的促成下，王佐主动联系工农革命军。经过一段时间的努力，工农革命军与袁文才、王佐的部队形成了十分密切的关系。袁文才和王佐也一再请求毛泽东派干部到他们那里，帮助他们建设部队。

毛泽东抓住这一有利时机，向袁文才、王佐的部队派出一批优秀干部，到他们的部队任职，加紧对这两支旧式农民武装进行改造。在袁文才、王佐的部队里，除了开展思想政治教育工作，最重要的就是进行组织改造。毛泽东把三湾改编确立的党对军队绝对领导的制度运用到这两支部队上。首先在这两支部队中，吸收一批优秀分子加入中国共产党。1928年初，王佐也被吸收到党内。党员队伍的发展，为这两支部队坚持党的领导奠定了组织基础。然后在这两支部队中党的基层组织和士兵委员会相继建立。毛泽东还向这两支部队派出几十人担任政工干部，在部队开展政治工作。毛泽东将秋收起义部队改编为中国工农革命军第一师第一团，进一步完善了部队的领导制度。1928年2月，毛泽东将袁文才、王佐的部队改编为中国工农革命军第一师第二团，袁文才、王佐分别担任正、副团长，毛泽东派遣何长工到第二团担任党代表，由贺敏学担任团党委书记。从此，井冈山上的两支原地方武装成为工农革命军的一部分，绿林军走上了革命的道路。由于在部队中实行了党对军队绝对领导的制度，袁文才、王佐的部队得到了脱胎换骨的改造，官兵的精神面貌焕然一新，士气也得到了极大的提高。用制度改造旧式军队，实行党对军队绝对领导的制度，是毛泽东改造旧军队最重要的经验。

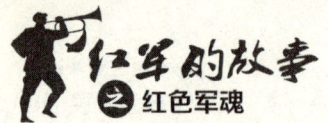

毛泽东在部队中建立党的领导制度的同时，还在地方发展党组织。工农革命军进入井冈山地区后，毛泽东把分散在农村中的党员组织起来，恢复和发展党的组织。毛泽东还从部队中抽调一些政治工作经验丰富的党员干部到农村中去，帮助发展地方党组织。到1928年2月，宁冈、永新、茶陵、遂川等县委，酃县特别区委，以及莲花特别支部先后成立。各县的区、乡两级大多建立了党的基层组织，工农革命军前委还同万安县委建立了联系。地方党的领导制度的建立，为壮大工农革命军的力量，发展党对军队绝对领导的制度，创造了十分有利的条件。1928年5月22日，中共湘赣边界特委成立，毛泽东任书记，工农革命军第四军第十师党代表宛希先任副书记。这是朝着克服单纯军事观点，坚持军民一致、军政一致，坚持和发展党的一元化领导制度迈出的重要一步。

赣南三整固军魂

南昌起义胜利后，从8月3日起，按照中共中央原定计划，起义部队在前委领导下，分批撤出南昌，沿抚河南下，计划经瑞金、寻邬（今寻乌）进入广东省，先攻占东江地区，发展革命力量，争取外援，而后再攻取广州。南下途中，起义军不断与国民党军队激战，损失惨重。

朱德率领的第九军教导团及第十一军第二十五师到达广东三河坝时，部队只剩下2000多人。这时，传来起义的主力部队被国民党军打败、前委领导人下落不明的消息，许多人流下了眼泪。失败的情绪在部队中蔓延，不断有人"开小差"。有人劝朱德离开部队，另寻出路，朱德拒绝了。

孤军奋战的朱德，心里沉甸甸的。他召集陈毅、王尔琢、粟裕等人商量如何稳定军心。朱德坚定地告诉大家："现在主力完全失利，……我们

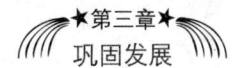

有责任把起义的革命种子保留下来,暴动的红旗不能倒!我是一名共产党员,我要担起革命重担,把这支队伍带出敌人的包围圈,我和同志们一起,把革命干到底!"听了朱德的话,大家热血沸腾。陈毅第一个站起来表态,说:"我要为革命鞠躬尽瘁,死而后已!"其他同志也纷纷表示要把革命坚持到底。

当时,这支部队的情况非常糟糕,既没有援军,也没有供给,又与党组织失去了联系。不断有人牺牲,也不断有人携带武器,离开部队,甚至"师长、团长均逃走,各营、连长亦多离开"。他们中有人占山为王,当起了土匪;有人逃到农村、城市,另寻生路;更有甚者,直接投奔了国民党军队。有的人甚至带着一个排、一个连公开离队;有的人还在继续散布失败情绪,要求解散部队。部队眼看就要垮了,南昌起义留下的这点革命火种,随时都有熄灭的可能。每天出发前,朱德都会发出行军命令,但是由于部队严重减员,建制散了,传令兵经常连接受命令的单位都找不到,只好站在路口,见到一个连长,哪怕是一个排长或一个班长,都把命令给他看看。部队来到江西安远县的天心圩时,只剩下1000来人了。每个人都考虑着同样的问题:现在部队失败了,到处都是敌人,我们这一支孤军,一无给养,二无援兵,应当怎么办?该走到哪里去?

此时的朱德心急如焚。如何把这支即将瓦解的部队凝聚起来,重振士气呢?朱德抓住组织这个关键环节,进行全面的整顿。朱德后来回忆这段历史时说:"转到江西安远县的天心圩,这时部队更涣散了,由三部分集拢在一起,有周士第的一部分,有潮汕撤出的一部分和我原来指挥的一部分。七零八落,没有组织。有些人中途跑掉了,留下的人也还有继续要求走的。根据这种情况,我们就在天心圩进行了初步整顿,召集军人大会,说明革命形势和任务,指出最后胜利一定是我们的,以鼓舞情绪和坚定信心。"

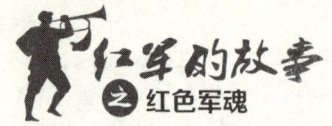

★天心圩朱德广场朱德雕像

在天心圩,朱德召开军人大会。由于连续作战,营养缺乏,休息不好,朱德面黄肌瘦,但精神矍铄,双眼炯炯有神。他站在高地上,大声地说:"大家知道,大革命是失败了,我们的起义也失败了!但是我们还要革命的。同志们,要革命的,跟我走,不革命的可以回家,不勉强!"他停顿了一下,接着说:"但是,大家要把革命的前途看清楚。1927年的中国革命,好比1905年的俄国革命。俄国在1905年革命失败以后,是黑暗的,但黑暗是暂时的,到了1917年,革命终于成功了。中国革命现在失败了,也是黑暗的,但是黑暗也是暂时的。中国也会有个'1917年'的。只要能保存实力,革命就有办法,你们应该相信这一点。"

朱德的讲话,犹如黑暗中的一把火炬,让官兵们看到了光明,增强了胜利的信心,离队的人渐渐少了。剩下的人虽然依旧是衣衫褴褛,但身躯挺拔,精神抖擞。时值10月,天气虽有些寒冷,但每个人的心里都是暖暖的,好像燃烧着一把火。朱德原先认为,部队大概能有200来人坚持下来,只要有300人,他就能重整旗鼓、东山再起。最后,有900多人坚持了下来。

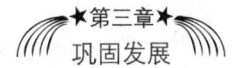

第三章 巩固发展

1927年10月底，部队来到赣粤边境大庾地区时，恰好国民党粤系、桂系、湘系军阀正展开混战，无暇追击南昌起义的部队。朱德、陈毅抓住这个有利时机，领导部队适时地进行了一次整顿。这次整顿是从整顿党团组织开始的，目的是加强党的领导。南昌起义时党的组织虽然在部队中建立了，但只是在上层领导机关和军官中有少数党员。在士兵中，除了少数连队外，其他连队还没有党团员，党的工作不能深入到基层和士兵中去，党的领导在基层得不到有效的落实。朱德和陈毅首先就是抓党的基层组织建设。当时，党的组织没有公开，部队就采取秘密方式，重新登记党员、团员，然后把他们充实到各个单位。由于每个连队都有了党员，在这些党员的带动和影响下，连队稳定了下来。全纵队有50多名党员，于是党支部成立了，由陈毅担任支部书记，公开身份是纵队指导员。同时，选派一些优秀党员去基层担任指导员，加强了部队的政治工作。

在整顿党、团组织的同时，朱德还对部队进行了整编，以便于指挥、作战。这支由三个部分组成的部队，自南下以来一路作战，建制早已被打乱，原来的军、师、团都成了空架子，已不适应新的情况。于是朱德把部队整编为一个纵队，对外称"国民革命军第五纵队"，由朱德任纵队司令，陈毅任纵队指导员（即党代表），王尔琢任纵队参谋长。纵队以下设7个步兵连、1个重机枪连、1个特务连。整编之后，部队的组织状况和精神面貌大为改观，朱德自豪地说："我们的队伍经过千锤百炼，现在已经成为一支坚不可摧的钢铁部队。"

11月初，起义部队来到湘、粤、赣三省交界的山区江西崇义县的上堡，朱德领导部队大力开展军事训练。起义部队中的官兵习惯于打正规战，而深入到农村地区，开始由正规战向游击战转变，就需要学习游击战的战略战术。部队每隔一两天上一次大课，小课则保持天天上。朱德亲自上课，

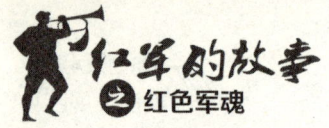

引导大家从打大仗转变为打小仗,掌握打游击战的方法。

朱德领导的这三次改造部队的活动,被史学家们称为"赣南三整"。在"赣南三整"中,朱德创造了融思想教育、组织整顿、军事训练于一体的方法,其最成功的经验,就是在部队中坚持与完善党对军队绝对领导的制度。在我军历史上,"赣南三整"和"三湾改编"虽然各具特色,但有一个共同点,那就是坚持了党对军队的绝对领导。部队由于有了强大的军魂,所以不久便摆脱了困境,不断发展壮大,最后走上了井冈山,成为中国工农红军中最优秀的一支部队。

解放后,有人问朱德:"听说三河坝失败后,革命队伍内部发生了动摇和混乱现象,当时您号召说,谁愿革命就跟我走。"朱德回答说:"有这样一回事。你们研究这些问题的时候,应该把它看作集体的事业,看作党的领导。当时我所讲的,也并不是我个人独到的见解,而是革命的经验。在当时的情况下,需要用马克思列宁主义来分析革命形势,指出革命是有前途、有出路的,只有这样,才能坚定大家的革命意志。部队要巩固,就要经常在部队中进行马克思主义的政治思想工作,最基本的是要依靠党的组织。那时党员比较多,把党的组织加以整顿以后,又发展了一批党员,就依靠他们去巩固队伍。"朱德的这一回答,揭示了南昌起义部队由失败走向胜利的根本原因,那就是从思想上、组织上强化党对军队的绝对领导。

三军会师壮军魂

中国共产党领导下的人民军队与其他军队的一个显著区别是,无论在什么情况下,它都始终置于党的绝对领导之下。离开了党的领导,它就失去了正确的方向。

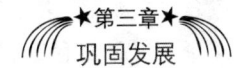

朱德率领部队转战于江西、福建、广东、湖南，遇到了数不清的困难，但最大的困难是离开了党的领导，失去了与中央的联系。朱德千方百计地一面联系党中央，一面寻找地方党组织。中央也在寻找与自己失散的孩子，通过各种途径同朱德联系。终于，1927年12月中上旬，率部驻扎在广东韶关的朱德，惊喜地接到中央的一封"鸡毛信"，这支部队终于回到了党的怀抱。有了党的领导，朱德心里亮堂堂的。

中央在信中说："潮州失守后，粤省委曾两次派人追赶你们，及你们退武平转入江西信丰时，江西省委又派人前往接洽，最后知道你们已越大庾岭而入湖南，中央乃又命湘南省委派人与你们接洽。但一切都是徒劳，始终未能赶着你们。"此时，中共中央正准备发动广州起义，命令朱德率部前去广州。

党的部队坚决听从党的召唤。朱德接到中央的指令后，决定立即率部赶赴广州，但是正当部队准备出发时，传来广州起义失败的消息，朱德不得不取消了南下计划。不久，从广州起义部队中撤退出来的200多名战士来到韶关，他们中有许多是共产党员。朱德立即将他们妥善安置在自己的部队里。后来，朱德又接到了中央在12月21日起草的一封指示信。中央在指示信中告诉朱德，毛泽东正领导部队开展土地革命，要求朱德"你们应确实联络，共同计划发动群众，以这些武力造成割据的暴动局面"。朱德牢记中央的指示，心里盘算着如何联系毛泽东。

1928年初，朱德将部队开到了湘南，在地方党组织的配合下，发动湘南暴动，建立了宜章、郴县、耒阳、永兴、资兴、安仁6个县的苏维埃政权，组建了3个农军师和2个独立团。部队在宜章废弃了原来使用的国民革命军的青天白日旗，自制了以斧子、镰刀为标志的红旗，打出了"工农革命军第一师"的旗帜。1月下旬，朱德指挥部队，打败前来镇压工农革命

★ 湘南暴动指挥部旧址

军的许克祥部，组建了中国工农革命军第三师。2月，朱德率部进入郴州，再次打败国民党军队，组建了中国工农革命军第七师。

湘南暴动取得了很大胜利，但由于中共湘南特委在苏维埃区域执行"左"的错误路线，严重脱离群众，使部队遭遇生存困难，于是朱德决定把部队带到井冈山同毛泽东会师。

其实，1927年10月底，朱德率领南昌起义军到达信丰，从中共赣南特委那里得知毛泽东率领秋收起义部队开始上井冈山的消息时，就有意上井冈山。随后，朱德委托原在第二十五师政治部工作的毛泽覃前去井冈山同毛泽东联系。毛泽覃取道资兴到了茶陵，见到了毛泽东，详细介绍了南昌起义部队的活动情况，并转达了朱德对毛泽东的问候。1927年11月上旬，南昌起义部队在江西崇义上堡，同来自井冈山的张子清、伍中豪率领的工农革命军第一师第一团第三营会合，得知秋收起义的部队在毛泽东的领导下，在井冈山建立了革命根据地，大家信心倍增，都迫切希望到井冈山去。

毛泽东也时刻关注南昌起义部队的情况，十分希望与南昌起义部队会师，壮大革命力量。1927年10月，毛泽东委派何长工从井冈山下山，前去湖南寻找南昌起义部队。1927年12月，何长工历尽艰辛，辗转来到广东韶关的犁铺头，终于找到了朱德。朱德百感交集，紧紧握着何长工的手，打听秋收起义部队的各方面情况，询问井冈山地区的地形、物产，然后动情地说："我们跑来跑去，一直找不到一个落脚的地方。现在好了，毛润之为

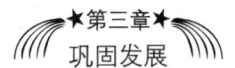

革命开辟了一块根据地,我们就有希望了!"此刻,朱德更加坚定了上井冈山的决心。次日,朱德写了一封信交给何长工,委托何长工回井冈山,向毛泽东汇报南昌起义部队的情况,并向毛泽东转达问候。

1928年3月,朱德命令军队全部向井冈山转移。为了策应南昌起义部队上井冈山,毛泽东决定兵分两路,出击湘南,迎接南昌起义部队。毛泽东率领工农革命军第一师第一团的1000多人,从江西宁冈的砻市出发,进入湘南的桂东、汝城之间;何长工、袁文才和王佐率领第二团,从井冈山大井出发,向资兴、郴州方向前进。毛泽东还派毛泽覃带着一个特务连赶到郴州,同朱德、陈毅领导的部队取得联系。1928年4月24日,毛泽东率领的秋收起义部队和朱德率领的南昌起义部队,以及湘南农军,在江西宁冈砻市胜利会师,史称"朱毛会师"。时年毛泽东35岁,朱德42岁。为了一个共同的信念和目标,毛泽东、朱德这两位历史巨人走到了一起,开始了半个世纪的亲密合作。

毛泽东、朱德在井冈山会师,是中国革命力量的一次大会合。其主要武装力量包括:毛泽东率领的秋收起义部队,朱德、陈毅率领的南昌起义部队,湘南起义农军,井冈山袁文才、王佐领导的两支地方武装,以及根据地内各县组织的暴动队、赤卫队等各种地方革命武装。

★井冈山会师纪念馆

中共湘南特委发出指示,会师的部队合编为一个军,并指定毛泽东担任书记,朱德担任军长。朱德建议使用第四军的番号,主要有两个原因:

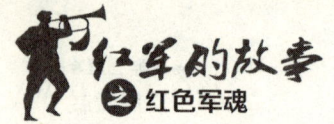

第一,大革命时期叶挺独立团所在的国民革命军第四军作战勇猛,威名远扬,在群众中享有很高的声望;第二,朱德率领的南昌起义部队,主要来自国民革命军第四军。毛泽东接受了朱德的意见。5月2日,毛泽东以第四军军委书记的名义,给中共中央和江西省委写信,详细汇报了会师后的情况。毛泽东提议,利用5月4日——五四运动这个特殊的纪念日,举行军民联欢会,庆祝两支部队会师。

1928年5月4日,在砻市河东的广场上,红旗猎猎,人潮涌动。各支部队加上附近赶来的群众,超过10万人参加了联欢会。主席台两旁挂着"庆祝两支部队胜利会师""打倒国民党反动派"的标语。大会由何长工担任司仪,陈毅担任执行主席。上午10时,何长工宣布大会开始,顿时鞭炮齐鸣,欢声雷动。大会宣布,成立中国工农革命军第四军(1928年5月25日,中共中央发布《军事工作大纲》第51号通告,规定:在割据区域所建立之军队,可正式定名为红军,取消以前工农革命军的名义。于是,中国工农革命军第四军改名为中国红军第四军,简称红四军)。1929年,陈毅向中共中央报告说,会师后"朱部2000余人,湘南农民8000余人,毛部千余人,袁、王各300人",也就是说,朱德和湘南农军总数超过1万人,而原井冈山革命根据地的兵力不到2000人,现在总人数达到12000人。朱德部是以具有很强战斗力的北伐劲旅叶挺独立团为基础形成的,有近千支枪,装备最齐整,战斗力最强。但他们中没有人想拥兵自重,坚定的党性原则使他们严格执行党的制度。全军以朱德为军长、毛泽东为党代表、王尔琢为参谋长、陈毅为政治部主任,下辖3个师共9个团。其编制情况如下所示:

第十师:师长朱德(兼),党代表宛希先,下辖3个团。

第二十八团:团长王尔琢(兼),党代表何长工。

第二十九团:团长胡少海,党代表龚楚。

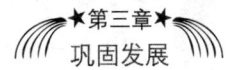

第三十团：团长刘之至（一说无此团）。

第十一师：师长张子清，党代表何挺颖，下辖3个团。

第三十一团：团长张子清（兼），党代表何挺颖（兼）。

第三十二团：团长袁文才，党代表陈东日，副团长王佐。

第三十三团：团长邓允庭，党代表邝朱权。

第十二师：师长陈毅，下辖3个团。

第三十四团：团长邓宗海，党代表刘泰。

第三十五团：团长黄克诚，党代表李一鼎。

第三十六团：团长李奇中，党代表黄义藻。

另外还有一个特务营，营长是宋乔生，党代表是敬懋修。

不久，红四军被缩编为4个团，即第二十八、二十九、三十一、三十二团，共6000余人。中国历史上一支崭新的部队——"朱毛红军"诞生了！

1928年5月23日，中共江西省委在给中共中央的一封信中，首次使用了"朱毛红军"这个称呼，这是历史上第一次使用"朱毛红军"这个提法。不久，毛泽东在向中共中央汇报时，也使用了这个提法。毛泽东说："前湘南特委决定朱毛两部合编为第四军。"此后，"朱毛红军"这个提法屡屡出现，国民党反动军队闻之丧胆。

1961年6月30日，朱德写下了《红军会师井冈山》一诗：

红军荟萃井冈山，主力形成在此间。

领导有方在百炼，人民专政靠兵权。

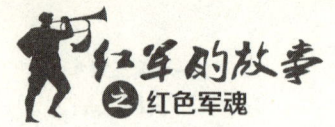

不听指挥八月败

红四军成立后,中共中央规定,由中共湖南省委领导红四军。然而,井冈山根据地的中心区在江西,中共江西省委也必然继续保持对红四军的领导。这种多头领导的现象,在其他红军部队身上也不同程度地存在,使得红军往往无所适从。特别是有些省委不了解军情,不懂军事,瞎指挥,给红军造成了不应有的损失。红四军的"八月失败",就是最好的例子。

1928年6月底,中共湖南省委特派员杜修经克服重重困难,来到江西永新红四军指挥部。杜修经,湖南慈利人,1925年入党。1928年4月,中共湖南省委决定派杜修经作为全权代表,去井冈山与"朱毛红军"联系。他与另两位同志乔扮成做山货生意的商贩结伴而行。由于国民党军队严密封锁,他们被迫中途折回。5月,杜修经再次从湖南出发去井冈山,寻找"朱毛红军",途中被国民党军队俘获,他寻机脱逃出来,被迫返回湖南。6月,他再次接受湖南省委指示去井冈山。功夫不负苦心人,这一次杜修经终于见到了"朱毛红军",把湖南省委的指示信亲手交给了毛泽东、朱德。

6月30日下午,在永新县城商会楼,毛泽东主持召开湘赣边界特委、红四军军委、永新县委联席会议。朱德、陈毅、宛希先、王尔琢、何挺颖、朱云卿、谭震林、陈正人、刘作述、刘家贤、王怀、贺敏学等参加了会议。杜修经向大家传达了湖南省委的指示信。信中说,驻扎湖南的国民党第六军已"恐慌极矣","有向赣西附近推进模样,因此与赣西部队冲突已为事实"。信中要求红四军在"占永新县后,立即向湘南发展,与三十、三十三团相联后,帮助湘南党部努力于最短期间发动耒阳、永兴、资兴、郴州的群众力量,以造成四县的乡村割据。对衡阳取包围形势,然后用全力向茶

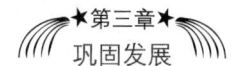

陵、鄱县、攸县、安仁发展，以与湘东暴动相联系"。指示信不顾敌强我弱的现实，对形势做出了过于乐观的判断，断然要求红四军"毫不犹疑地立即执行"湖南省委指示，参加湖南省委决定发起的湖南第二次大暴动。信中还说："省委决定四军攻永新敌军后，立即向湘南发展，留袁文才同志1营守山，并由二十八团拨枪200条，武装莲花、永新农民，极力扩大赤卫队的组织，实行赤色戒严，用群众作战的力量，以阻止敌军的侵入，造成以工农为主体的湘、赣边界割据。"

联席会议对湖南省委的指示信进行了认真的讨论。杜修经极力主张坚决执行湖南省委的指示，遭到毛泽东、朱德的坚决反对。他们认为，当前敌人内部处于稳定时期，湘南地区敌人的力量十分强大，红军远离根据地，出征湘南，无论对边界工作，还是对红四军本身，都是不利的。由于绝大多数同志的反对，杜修经最后不得不表示同意大家的意见。会后，毛泽东以红四军军委和湘赣边特委的名义，向湖南省委写信报告会议讨论的结果：红四军仍应继续在湘赣边界各县做深入群众工作，建设巩固的根据地；有此根据地，再向湘、赣推进，则红军所到之处其割据方巩固，不易为敌人消灭；在新军阀战争未爆发前，尚不能离开宁（冈）、永（新）、莲（花）往湘南；一俟此间基础略固，外面有机可乘，红四军仍可出茶（陵）、攸（县）、醴（陵）、浏（阳），参加湘省之总暴动。

7月中旬，湘、赣两省的国民党军队对井冈山发动第一次"会剿"，红四军兵分两路进行反击。一路由朱德、陈毅、王尔琢等率领第二十八团、二十九团跨入湖南境内，攻击湘军后方营地鄱县、茶陵；另一路由毛泽东、宛希先、朱云卿率领第三十一团打回宁冈，同朱德所部形成东西夹击湘军的态势。

朱德、陈毅率第二十八团和第二十九团下山主动出击，夺取鄱县后，准

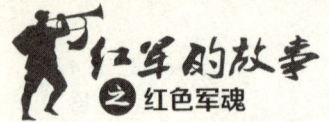

备返回宁冈。就在这个节骨眼上,随军行动的杜修经再次提议,执行中共湘南省委的决定,打到湘南去。第二十九团官兵大都由宜章农民组成,乡土观念很重,对井冈山的困苦生活早就心怀不满,进入湖南后思乡情绪一下子就爆发了,强烈要求打回湘南。团士兵委员会背着党组织,秘密开会决定回湘南,并喊出了"打回老家去"的口号。朱德得知这一情况后大吃一惊,一面写信报告毛泽东,一面前往第二十九团劝说。在劝说无果的情况下,朱德断然解散第二十九团的士兵委员会,强令该团回师井冈山。毛泽东接到朱德的信后,立即给朱德回信,派江华火速追赶朱德部队,要求部队执行永新联席会议的决定,放弃去湘南。

次日,第二十八、二十九团往回走。好不容易走到湘、赣两省交界的沔渡时,第二十九团乱作一团,官兵们死活不肯过河,还有人就地开了小差。朱德、陈毅只得让部队停下,并召开军委扩大会议。杜修经仍固执地要求执行省委指示:出兵湘南。第二十九团党代表龚楚也表示赞同。两人提议举手表决,结果绝大多数人同意。朱德、陈毅万般无奈,只得表示服从多数人的意见。朱德一面写信报告毛泽东,一面率军改道向湘南进军。

7月23日,部队到了郴州,向驻扎在此的国民党军队发起进攻,夺取了郴州。但是在国民党军队的反攻下,红军被迫撤出了郴州。这时,红二十九团官兵一哄而散,高呼:"走,回宜章!""回家了!回家了!"纷纷奔宜章方向逃散了。全团最后只剩下副营长萧克带领的一个连是完整的,加起来只有200余人。8月25日,第二十八团第二营营长袁崇全叛变,拉走了几个连的部队,并杀害了前来追赶的红四军参谋长兼第二十八团团长王尔琢。

8月23日,远在永新的毛泽东得知第二十八、二十九团失败的消息,带着第三十一团第三营赶到湖南,把第二十八团(第二十九团剩余人员已

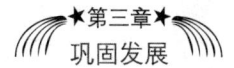

并入第二十八团）迎上了井冈山。国民党军队乘机对根据地发起猛攻，侵占了根据地许多地区，根据地遭受了严重损失，史称"八月失败"。"八月失败"的根本原因是部队脱离了党的领导。这一事例说明，党对军队的绝对领导制度是红军发展壮大、夺取胜利的根本保证。

1928年11月6日，毛泽东才收到中共中央于6月4日发出的指示信。指示信在充分肯定"朱毛红军"成绩的基础上，对红军的某些问题进行了尖锐甚至是片面夸大的批评。信中说："在组织上你们还是国民党式的军队，在性质上还是雇佣的军队，在成分上亦不能说很健全。这样的军队是不能十分有把握成为彻底实行土地革命的军队的……你们必须依照中央最近的军事工作决议案改造你们的军队，使雇佣式的军队变成志愿军……"指示信中明确要求："红军由最高苏维埃军事委员会指挥，赤卫队由县苏维埃赤卫委员会指挥。"中共中央在指示信中要求成立前委，指定前委人员为毛泽东、朱德、1名工人、1名农民，以及1名前委所在地党部的书记，由毛泽东担任前委书记。前委之下组织军事委员会，同时作为最高苏维埃的军事委员会，以朱德为书记。中共中央在指示信中还规定了前委的管辖范围：暂定为永新、宁冈、遂川、万安、茶陵、攸县、酃县。关于前委与两个省委及中央的关系，中共中央在指示信中规定："如前委在江西境内时受江西省委指导，如在湖南境内时受湖南省委指导，同时与两个省委发生密切关系。两省委须各有一个专门的经常的交通处接受前委的交通，使省委与前委的关系永不中断。（前委每十天须送一报告到两省委的接头处，主管的省委接到报告后，须立即回答并将前委的报告和省委的回答立送中央。）"中共中央在指示信中明确提出：前委统辖中共湘赣边界特委和红四军军委。

毛泽东迅速落实中央指示，组织召开湘赣边界特委扩大会议，成立井

★ 中国共产党井冈山前敌委员会旧址

冈山革命根据地的最高领导机关——中共前敌委员会,人员包括毛泽东、朱德、谭震林、宋乔生、毛科文。中共湘赣边界特委由毛泽东担任书记,宛希先担任副书记。红四军军委书记由朱德担任。党对军队的绝对领导制度在红四军中全面确立起来,保证了红四军的发展壮大。

不久,彭德怀率领一支部队也上了井冈山。1928年7月22日,彭德怀率领800余名官兵,在湖南举行平江起义,成立中国工农红军第五军,彭德怀任红五军军长兼第十三师师长,滕代远任党代表,邓萍为参谋长,全军共2500余人。毛泽东在井冈山竖起的革命红旗,深深地吸引着彭德怀。彭德怀非常敬仰毛泽东,决心以"朱毛红军"为榜样,率部队去井冈山。彭德怀和滕代远率领部队向井冈山进发。毛泽东获悉这一情况后,经与朱德商量,派何长工、毕占云率军部特务营和独立营前往莲花城迎接。1928年11月下旬,红五军于莲花城北九都与前来迎接的红四军会合。1928年12月11日,红四军与红五军在新城举行了隆重的会师大会,毛泽东、朱德、彭德怀、滕代远出席并讲话。至此,秋收起义队伍、南昌起义队伍、广州起义队伍、湘南暴动队伍和平江起义队伍,这5支队伍先后来到井冈山,实现了胜利大会师。他们虽然来自五湖四海,但为了同一个目标走到了一起。将这5支队伍紧紧凝聚在一起的,正是党对军队的绝对领导制度。

知识拓展

1886年12月1日,朱德出生在四川省仪陇县马鞍场琳琅西麓李家湾一个极端贫穷的佃农家庭。1909年,朱德考进云南陆军讲武堂,同年加入孙中山领导的中国同盟会。1911年10月,朱德在云南参加了辛亥革命武装起义。1921年春,朱德担任云南陆军宪兵司令部司令官、云南省警务处长兼省会警察厅长等职。在十月革命和五四运动的影响下,他逐渐接受了马克思主义。1922年8月,朱德和老朋友孙炳文一道来到上海,找到共产党最高负责人陈独秀,提出加入中国共产党。但是,陈独秀拒绝了他们的请求,理由是:要参加共产党,必须以工人的事业为自己的事业,并且准备为它献出生命,对当过高级旧军官的人来说,还需要经过长时间的学习和真诚的申请。

挫折没有动摇朱德追求真理和光明的信念,他决定去欧洲。1922年9月初,朱德和孙炳文乘法国邮轮安吉尔斯号从上海启程。经过40多天的航行,于10月抵达法国马赛,再乘火车到巴黎。在巴黎,他得知中国留学生于这年6月成立了旅欧中国少年共产党。还听说了伍豪,以及他在柏林发表的一篇文章《共产主义与中国》。伍豪就是周恩来。周恩来是1920年11月从上海来到法国马赛的。1922年6月,周恩来、赵世炎、李维汉等,在巴黎发起成立了旅欧中国少年共产党,选举产生了中央执行委员会,赵世炎为书记,周恩来负责宣传工作,李维汉负责组织工作。由于德国柏林的生活费比巴黎便宜,周恩来等人后来就去了柏林。

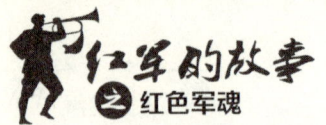

朱德了解到这一情况后,与孙炳文急匆匆地赶往柏林,在柏林近郊瓦尔姆村皇家林荫路的一幢寓所里,见到了比他们小10多岁的周恩来。朱德和孙炳文各自陈述了过去的经历和对革命的见解,提出加入中国共产党的请求。周恩来被感动了,表示愿意介绍他们入党,帮助他们办理申请入党手续。周恩来向中国共产党建党发起人之一,同时也是中共旅欧支部负责人的张申府作了汇报。张申府最后同意朱德入党,他认为朱德入党积极,态度很诚恳,说明朱德追求进步。

按照规定,朱德不是工人,要入党,最后须上报中国共产党中央执行委员会批准。陈独秀收到张申府介绍朱德入党的信后,反复考虑,最后决定同意吸收朱德入党,同时决定朱德的党籍对外保密,这样做更有利于朱德为党工作。以"秘密党员"的方式解决朱德的入党问题,这是一个创举,为日后中共吸收秘密党员开了先河。11月,周恩来和张申府做入党介绍人,经中共中央正式批准,朱德正式加入了中国共产党,但对外的政治身份仍然是国民党员。

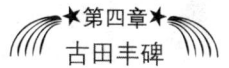

第四章　古田丰碑

1929年是红军历史上极不平凡的一年。经过一段时间的探索、冲突与斗争,党对军队的绝对领导在古田会议上得到系统总结,被确立为红军的根本建军原则和制度。

红四军:"七大风波"

1929年1月4日,深冬的江西大雪纷飞,群山白皑皑一片,河里结了一层厚厚的冰。宁冈柏路村的一间小屋子里,中共红四军前委、湘赣边界特委、湘鄂边界特委和共青团特委、红四军和红五军军委以及边界各县县委联系会议正在召开。与会人员围坐在一盆炭火四周,神色严峻,讨论刚刚收到的中共六大决议案,以及如何粉碎国民党军队对井冈山根据地的第三次"会剿"。此时,国民党军18个团的兵力,正从四面向井冈山扑来。袁文才满不在乎地说:"兵来将挡,水来土掩。我们照老办法,拖着白狗子绕圈圈,把他们拖垮、拖死。"

打游击战是红军的拿手好戏,弱小的红军靠着游击战,曾打败了反动军队的多次进攻。有几位将领点头表示赞许。有人轻声嘀咕了一句:"恐怕这次这样做不行了。"

朱德接上了话茬:"我看,我们这次得改变打法。大家想想看,敌人兵

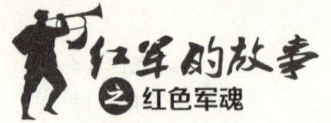

力占了绝对优势,而我们只有区区几个团的兵力,天寒地冻的,怎么打游击战?"

毛泽东轻轻吐了一口烟,说:"围魏救赵。"

"围魏救赵?"大家都盯着毛泽东。毛泽东从容不迫,娓娓而谈,道出他的锦囊妙计。大家纷纷叫好。

1月14日,毛泽东和朱德率领红军主力3000多人离开井冈山,出击赣南,以吸引敌人,解井冈山之危。彭德怀、袁文才和王佐率领一部分部队留守井冈山。为什么毛泽东选择赣南呢?这有四个原因。第一,赣南多山,地形复杂,易守难攻;第二,赣南物产丰富,部队的给养相对来说容易解决;第三,赣南距离大城市远,交通困难,不便于国民党军队集中兵力作战;第四,江西国民党军队战斗力较弱。

却没想到,"朱毛红军"作战连连失利,一败于大余,再败于寻乌,损兵折将,士气低落,人心浮躁。

2月3日,在寻乌罗福嶂山区芹菜塘村的一个古庙里,前委书记毛泽东主持召开红四军前委扩大会议,商讨对策,决定对部队进行整编。毛泽东提出调整领导机构。他说:"下山以来,部队战事不断,战况瞬息万变,战机稍纵即逝。四军在前委之下,又设军委。前委决定之后,还要军委讨论,容易贻误战机。我建议,军委暂时解散,停止办公。重大问题前委讨论决定后,立即行动,提高效率。你们看怎么样?"

担任红四军军委书记的朱德立即表示同意,说:"打仗就是要当机立断,三讨论两讨论的,战机就贻误了!"

担任红四军士兵委员会主任的陈毅说:"减少指挥层次,便于指挥作战,我赞成。"

在座其他人也都表示支持。会议一致通过毛泽东的提议,军委遂决定

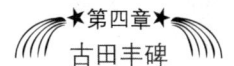

暂时停止办公，把权力集中到前委。在井冈山革命根据地形成的前委下设并领导军委的制度被取消了，权力集中到以毛泽东为书记的前委。这一改革，在当时的情况下是正确的。8天后，在毛泽东、朱德的指挥下，红四军取得了大柏地大捷，消灭了国民党刘士毅旅第二十九、三十团约1100人，扭转了被动局面，极大地鼓舞了官兵的士气。紧接着，红四军进入闽西长汀县，在长岭寨战斗中，消灭国民党福建省防军第二混成旅郭凤鸣部2个团。同时，红四军恢复到3600多人、1500多支枪，并由毛泽东担任前委书记，江华担任前委秘书长，朱德担任军长。全军下设3个纵队：

第一纵队：司令员林彪，党代表陈毅；

第二纵队：司令员胡少海，党代表谭震林；

第三纵队：司令员伍中豪，党代表蔡协民。

根据中共六大决议的要求，红四军工农运动委员会被改为政治部，由毛泽东兼任红四军政治部主任；每个纵队设立政治部，政治部主任由党代表兼任；政治部内设秘书处、宣传科、组织科（分职工股、农民股和特务股）；每个纵队下设2个支队（相当于营），每个支队下设3个大队，支队、大队两级不设政治部，只设党代表。

1929年4月1日，红四军离开福建长汀，来到江西瑞金，与彭德怀率领的红五军会合。原来，红四军离开井冈山后，在国民党优势兵力的疯狂进攻下，红五军被迫撤离了井冈山。

4月3日，毛泽东收到了中共中央在2月7日写给他和朱德以及湘赣特委的信，史称"二月来信"。这封信是根据共产国际的指示起草的。中共六大期间，共产国际领导人布哈林向中国共产党提出了"分散红军"的建议，认为红军集中在农村目标过大，容易被敌人消灭，并且部队给养问题

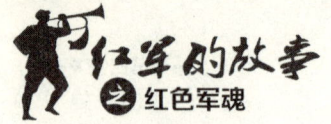

在落后农村难以解决。中共六大结束后,周恩来根据共产国际的这一意见,在2月7日给红四军前委下发了这封指示信。指示信仍强调城市工作的重要性,同时对在农村的红军前途作了悲观的分析,要求红四军前委"应有计划地有关联地将红军的武装力量分成小部队的组织散入湘、赣边境各乡村中进行和深入土地革命",认为这样才能"避免敌人目标的集中和便于给养和持久"。指示信还指出,中央从客观方面考察和主观的需要,深信朱、毛两同志目前有离开部队的必要:一方面,不仅不会有更大的损失,反而便利于部队分编计划的进行;另一方面,到中央后,更可将一年来万余武装群众斗争的宝贵经验,贡献到全国以至整个的革命。信中还要求"两同志得到中央决定后,应毅然地脱离部队速来中央"。

毛泽东、朱德、彭德怀等都不赞成中央的意见,前委扩大会议经过研究后决定,由毛泽东给中央回信。毛泽东经过思考,奋笔疾书,致信党中央,批评中央"太悲观了"。他说:"半殖民地中国的革命,只有农民斗争得不到工人阶级的领导而失败,没有农民斗争的发展超过工人的势力而不利于革命本身。"对红军的行动策略问题,毛泽东在复信中明确指出:"中央要求我们将队伍分得很小,散向农村中,朱、毛离开队伍,隐匿大的目标,目的在于保存红军和发动群众,这是一种不切实际的想法。红军不是本地人,分开则领导机关不健全,容易被敌人各个击破,越是恶劣环境领导者越是要坚持奋斗。"毛泽东在信中了阐明红军不能分散、领导者不能离开的理由,表现了政治上的极大勇气。毛泽东在复信中最后向中央建议:在国民党军阀长期战争期间,积极进取,采取"和蒋桂两派争取江西,同时兼及闽西、浙西"的战略方针。毛泽东提出,如果一定要调朱德、毛泽东到中央,希望军委派刘伯承、恽代英来,他们俩在军事、政治上可以胜过朱德、毛泽东。

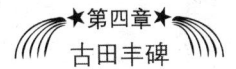

接到毛泽东的复信后,党中央意识到,远在万里之外的共产国际并不了解中国的实情,所发出的指示不一定正确,根据周恩来的意见,中央就没有再坚持自己的态度。但是,"二月来信"的内容在红四军内部扩散了,产生了复杂的影响。红四军自转战赣南、闽西以来,打了许多败仗,不少人对前委的领导、民主集中制、军事和政治的关系、红军和根据地建设等,都产生了一些意见。加上连续作战,无暇顾及政治工作,单纯军事观点、流寇思想、雇佣观念、个人主义、小团体主义、绝对平均主义、盲动主义、极端民主化等各种非无产阶级思想在部队潜滋暗长。"二月来信"中的悲观情绪,以及刘安恭的到来,无疑助长了这些错误思想的蔓延。

刘安恭与朱德同为四川人,关系较密切。他参加过南昌起义,1928年春赴苏联学习军事,1929年回国,被中央派到红四军工作。经毛泽东提议,红四军成立临时军委,由刘安恭担任临时军委书记兼政治部主任。刘安恭没有实际斗争经验,只是在苏联学习期间掌握了一些理论。但他就职后,机械地搬用苏联红军的经验,主持军委会议,规定前委只能管地方工作和红四军的作战行动方针,不得过问红四军的具体事务。刘安恭指责"党管太多了""权力太集中于前委了""一支枪也要过问党吗?""马夫没有饭吃也要党去管吗?"等。毛泽东对此十分不满。中央任命毛泽东为前委书记,并明确规定,前委代表中央领导红四军及根据地内的一切事务,是军中的最高领导机关,刘安恭却把军委凌驾于前委之上,岂不是违背了党对军队的绝对领导的制度吗?

5月底,毛泽东在永定县湖雷镇主持召开前委扩大会议,再次提议撤销军委及刘安恭军委书记的职务。林彪、江华、谭震林等表示赞成,刘安恭强烈反对,说:"我不同意老毛的意见。既名四军,就要有军委!现在,据

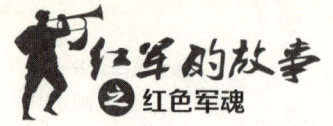

我了解,前委在四军管得太多了,权力太集中了,你老毛简直就是书记专政,家长制!"刘安恭的意见得到了一批人的支持。两种意见争执不下,会议开到深夜,也没有形成一致意见。刘安恭还私下散布言论,把红四军的领导人分成两派,说以朱德为代表的一派是拥护中央的,以毛泽东为代表的一派是反对中央的。他的言行激化了红四军内部的矛盾。

6月8日,毛泽东在上杭县白砂镇再次主持召开前委扩大会议,讨论军委设置问题。毛泽东说:"前委、军委成分权现象,前委不好放手工作。但领导责任又要担负,陷于不生不死的状态。"他认为,这使党的"三个最大的组织原则发生动摇":第一,有人反对党管一切,说党管得太多了,权力太集中于前委;第二,有人反对一切工作归支部,说支部是教育性的机关;第三,有人反对党员的个人自由受限制,要求党员有相当的自由。这些问题的存在严重妨碍了前委的领导。刘安恭等人激烈反对毛泽东的意见,毛泽东愤而表示辞去前委书记的职务。刘安恭也愤怒了,严厉指责毛泽东说:"你老毛自创原则,不服从中央调动!老毛不想干,我建议用完全的选举制选举前委,前委书记和军委书记可以轮流担任!"刘安恭还说,朱德是服从中央的,而毛泽东是自创原则的。朱德等人表态支持刘安恭的意见。林彪则坚决反对刘安恭的意见,他说:"建立军委,是重复职能,前委完全可代行军委职能。"

陈毅提议,就军委设置问题举手表决。会议以36票赞同、5票反对的表决结果,通过了毛泽东取消临时军委的提议,否决了朱德、刘安恭等5人的意见。刘安恭担任的军委书记兼政治部主任的职务,也一同被取消,由陈毅担任政治部主任。前委还批准了毛泽东辞去前委书记职务这一请求,指定陈毅代理前委书记,主持红四军前委的工作。

这次的争论集中到毛泽东和朱德的身上,史称"朱毛之争"。在坚持党

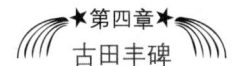

对军队绝对领导制度这一根本问题上，毛泽东和朱德完全一致，但在具体制度上，两人有不同的看法。围绕"朱毛之争"，毛泽东、朱德、林彪分别写信，阐明自己的观点。6月8日，林彪给毛泽东写信说："现在四军里实有少数同志的领袖欲望非常高涨，虚荣心极端发展。这些同志又比较在群众中是有地位的。因此，他们利用各种封建形式成一无形结合（派），专门吹牛皮攻击别的同志。"林彪极力反对毛泽东离开前委，要求毛泽东纠正党内的错误思想。

6月14日，毛泽东给林彪回了一封信，第一次系统地提出了中国共产党对红军的领导和红军建设的一系列根本原则，为半年之后产生的古田会议决议奠定了思想基础和理论基础。在信中，毛泽东把红四军内部争论的主要问题归纳为十四点："一是个人领导与党的领导；二是军事观点与政治观点；三是小团体主义与反小团体主义；四是流寇思想与反流寇思想；五是罗霄山脉中段政权问题；六是地方武装问题；七是城市政策与红军军纪问题；八是对时局的估量；九是湘南之失败；十是科学化、规律化问题；十一是四军军事技术问题；十二是形式主义与需要主义；十三是分权主义与集权；十四是其他腐败思想。"毛泽东把"个人领导与党的领导"问题放在首位，分析说："讨论这个问题，我们首先要记得的就是四军的大部分是从旧式军队脱胎出来的，而且是从失败环境中拖出来的。我们记起了这两点，就可以知道一切思想、习惯、制度何以这样的难改，而党的领导与个人的领导何以总是抗分，长在一种斗争状况之中。红军既是从旧式军队变来的，便带来了一切旧思想、旧习惯、旧制度的拥护者和一些反对这种思想、习惯、制度的人作斗争，这是党的领导权在四军里至今还不能绝对建立起来的第一个原因。不但如此，四军的大部分是从失败环境之下拖出来的（这是1927年），结集又是失败之前的党的组织，既是非常薄弱，在

失败中就是完全失了领导。那时候的得救,可以说十分原因中有九分是靠了个人的领导才得救的,因此造成了个人庞大的领导权。这是党的领导权在四军里不能绝对建立起来的第二个原因。"毛泽东强调:"至于二、四团,四军的同志见了他们真是惭愧万分,他们是指导员支配军官的,前五册上军官的名字列在指导员的后面,一个子弹不问过党不能支配,他们是绝对的党领导。"这是毛泽东首次提出"党对军队的绝对领导"概念。毛泽东批评说:"军队指导需要集中而敏捷。少数同志们对这些实际的理由一点不顾及,只是形式地要于前委之下、纵委之上硬生生地插进一个军委,人也是这些人,事也是这些事,这是什么人都明白在实际上不需要的。然而少数同志们费尽九牛二虎之力,非要设立不可,究竟有什么理由可以说明呢?要找寻出理由,我只好说这是少数同志们历来错误路线的结穴,两个指导路线的最后斗争。"毛泽东阐述了反对军委与前委并立的四点理由:一是分权,不能集中领导;二是重复,毫无必要叠床架屋;三是危及党领导一切的最高原则;四是动摇了前委在组织领导上的威信。毛泽东希望党组织批准自己到莫斯科学习的请求。

6月15日,朱德写了《答林彪同志谈前委党内争论的信》,批评说:"在红四军中,确实出现了党的组织替代群众组织、忽视基层工作的缺点,形成了书记专权的沉闷现象,这在一定程度上打击了广大群众的积极性和主动性。"

6月份的《前委通讯》把他们三人的信全都发表出来,供全体官兵讨论。

6月22日,在陈毅的主持下,红四军党的第七次代表大会在福建龙岩城公民小学举行。陈毅想以会议的形式解决"朱毛之争",可谓煞费苦心。红四军前委委员、各支部党代表、军事干部及士兵党员,共40多人参加

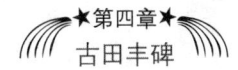

了会议。陈毅作了政治报告后,朱德、毛泽东相继发言,各抒己见,言辞激烈。陈毅夹在中间,左右为难,他说:"你们朱毛两个,一个晋国,一个楚国,两个大国天天在吵架,我这个郑国小国在中间简直不好办。我是进出之间为难,两大之间为小。我跟哪个走?站在哪一边?就是怕红军分裂。我希望你们两方面团结起来。"会议通过的决议案,对毛泽东、朱德、刘安恭和陈毅都进行了批评,认为毛泽东担任党代表与前委书记,对这次争论应负较大责任,给予党内严重警告处分,对朱德给予书面警告处分。大会最后以举手表决的方式选举前委书记,由中央指定的前委书记毛泽东落选,朱德也未能当选,陈毅得票最多,当选为前委书记。

这次选举明显是不符合中央要求的,因为红四军前委及毛泽东的前委书记职务是党中央指定和批准的,在未经党中央同意的情况下,红四军是无权擅自改选前委的。这是极端民主化思想在军事领导制度上的一种反映。党对军队的绝对领导制度包含着民主集中制这一组织原则,离开集中而片面强调民主是不正确的。当时,有少数同志认识到了这个问题,在选举之前也提出了这个意见,但未被采纳。这说明,党对军队的绝对领导制度还存在不完善的地方,对它的认识也有待加强。

以前委秘书长身份出席这次会议的江华,在回忆录中对红四军"七大"有一个公正的评价。他说:"那时召开'七大'是完全必要的,是统一思想,解决分歧,结束争论,加强团结,以利革命。'七大'的决议,对井冈山时期的一些历史问题和红四军的一些制度的结论,也是基本正确的。'七大'并非一无是处。至于'七大'未能解决分歧,这也是客观的历史局限所决定,并非任何个人的意志所能转移。"

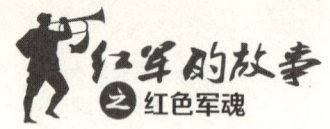

★中共闽西一大会址(文昌阁)

红四军"七大"结束后,毛泽东应闽西特委书记邓子恢邀请,于7月8日前往上杭蛟洋,指导中共闽西"一大"的召开。

党中央:"九月来信"

1929年8月初,陈毅奉中共中央指示,前往上海参加中央政治局召开的军事会议,由朱德暂代红四军前委书记之职。由于毛泽东、陈毅都不在部队,红四军在政治上失去了主心骨,单纯军事观点、极端民主化等错误思想更加泛滥。军事上,红四军出击东江等地相继失利。9月下旬,朱德在上杭主持召开红四军党的第八次代表大会,本想解决红四军"七大"没有解决的问题,但"无组织状态地开了三天,毫无结果"。会议进行之中,罗荣桓站起来说:"一定要请毛泽东来参加会议。"林彪立即说:"我赞成。红军不能没有毛泽东。"朱德笑笑说:"是啊,朱毛,朱毛,朱离不开毛,毛离不开朱,离开了毛,朱过不了冬。"朱德派人去请毛泽东参加会议。病中的毛泽东,坐在担架上来到会场时,会议已经结束了。毛泽东没有能够参加这次会议,但为他后来顺利回到前委领导岗位做了一个很好的铺垫。

8月下旬,陈毅安全抵达上海,在一家旅社里给中央写了《关于朱毛

第四章 古田丰碑

★从左至右，依次为周恩来、李立三、项英、关向应

军的历史及其状况的报告》《关于朱毛争论问题的报告》等5份报告。此前，中央已经接到了红四军通过秘密渠道送来的红四军"七大"文件、《前委通讯》以及其他一些材料，对红四军的情况有了一个大致的了解，并召开政治局会议研究了红四军的问题，认为不应该取消毛泽东红四军前委书记之职，军委可以暂不设立，军事指挥由军长、党代表共同负责，调刘安恭回中央工作。

8月29日，党中央召开临时政治局会议，听取陈毅汇报红四军的情况。总书记向忠发，在上海的政治局委员周恩来、李立三、项英、关向应都参加了会议。会议决定，成立以周恩来为召集人的三人委员会，成员包括李立三、周恩来、陈毅，研究红四军问题，拿出处理"朱毛之争"的具体方案，向政治局汇报。周恩来详细阅读了红四军的各种材料，批评红四军"七大"削弱了前委的权力，犯了极端民主化的错误，要求仍由毛泽东担任红四军前委书记。周恩来的意见得到了政治局的批准。周恩来据此委托陈毅，代表中央起草《中共中央给红四军前委的指示信》，周恩来审阅后，于9月28日签发，史称"九月来信"。

"九月来信"针对红四军关于分兵与集中的争论，指出："分兵与集中只是某一个时期中的工作方式的利便问题，绝不能把红军四军分成几路各不相属的部队，这样就是分散而不是分兵，或者把红军四军分小，化成无数的游击队而不相联属。两者皆是取消观念。"指示信肯定了毛泽东加强党

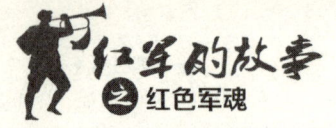

对红军的领导的观点,指出:"党的一切权力集中于前委指导机关,这是正确的,绝不能动摇。不能机械地引用'家长制'这个名词来削弱指导机关的权力,来做极端民主化的掩护。"要求"纠正一切不正确的倾向",包括"取消观念、分家观念、离队观念与缩小团体倾向,极端民主化,红军脱离生产即不能存在等观念"。指示信批评了毛泽东和朱德的工作方法存在的问题,提出:"前委应立即负责挽回上面的一些错误:第一,应该团结全体同志努力向敌人斗争,实现红军所负的任务;第二,前委要加强指导机关的威信,与一切非无产阶级意识作坚决的斗争;第三,前委应纠正朱、毛两同志的错误,要恢复朱、毛两同志在群众中的信仰;第四,朱、毛两同志仍留前委工作。经过前委会议,朱、毛两同志诚恳接受中央指示后,毛同志应仍为前委书记,并须使红军全体同志了解而接受。"

指示信要求将党代表改为政治委员,职责为监督军队行政事务、巩固军队政治领导、副署命令等。军政治委员可由前委书记兼任,军政治委员不兼任政治部主任。指示信还要求军及纵队设政治部,营、连只设政治委员,任务为对内管理政治教育、发动群众斗争、扶助群众组织等。

周恩来担心陈毅回苏区后,不好处理与毛泽东的关系,因此准备将陈毅派到广西或鄂豫皖工作。陈毅坦荡地说:"我要回四军去。'七大'没有选毛泽东担任前委书记,我有责任。解铃还需系铃人。我回去后,立即请毛泽东同志担任四军前委书记。我完成了这个任务后,再听中央调动。"关键时刻,陈毅以大局为重、相让为党的高风亮节,对维护党和红军的团结发挥了巨大作用。

10月1日,陈毅启程返回红四军。10月下旬,陈毅回到军部,与朱德商量后,给毛泽东写了一封信。

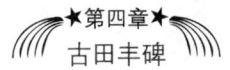

润之：

　　这次我到中央去了一次，现在回到部队来了。这次到中央走一趟，我们争论的问题都解决了。七次大会是我本人犯了一次严重错误，我可以作检讨。中央已经承认你的领导是正确的。此间四军的同志也盼望你归队。希望你见信后坐担架赶快回来，就任四军前委书记。这是中央的意思，也是我和玉阶以及前委的希冀。

仲弘

　　11月下旬，正在养病的毛泽东收到陈毅的信后，立即带着贺子珍从上杭蛟洋回到长汀，来到红四军军部，与朱德、陈毅会合。

里程碑："古田决议"

　　11月28日，在朱德、陈毅的积极协助下，毛泽东主持召开前委扩大会议，决定对部队进行一个月的整顿，然后召开全军第九次党代表大会，深入贯彻"九月来信"精神。当晚，毛泽东以极其愉快的心情，给中央写了一封汇报信。

中央：

　　我病已好，十一月二十六日偕福建省委巡视员谢同志从蛟洋达到汀州，与四军会合，遵照中央指示在前委工作……四军党内的团结，在中央正确指导下，完全不成问题。陈毅同志已到，中央的意思已完全达到。惟党员理论常识太低，须赶紧进行教育……

毛泽东

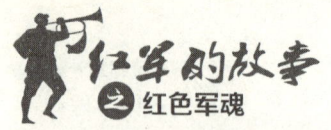

★古田会议旧址

1929年12月28日,这是党和红军历史上一个重要的日子。这天,红四军党的第九次代表大会在上杭县古田镇溪背村曙光小学召开,史称"古田会议"。会议经过激烈的讨论,通过了毛泽东起草的八个决议,合称《中国共产党红军第四军第九次代表大会决议案》,即《古田会议决议》。决议规定了红军的性质、宗旨和任务,明确指出:"红军是一个执行革命的政治任务的武装集团。特别是现在,红军绝不是单纯地打仗的,它除了打仗消灭敌人军事力量之外,还要负担宣传群众、组织群众、武装群众,帮助群众建立革命政权以至于建立共产党的组织等项重大任务。红军的打仗,不是单纯地为打仗而打仗,而是为了宣传群众、组织群众、武装群众,并帮助群众建立革命政权才去打仗的。"决议阐明了党对红军的领导原则,指出:"党对于军事工作要有积极的注意和讨论","党的领导机关要有正确的指导路线",要"提高党内的政治水平","纠正党内的错误思想","务使党组织确实能担负党的政治任务"。决议规定在红军中建立党的领导中

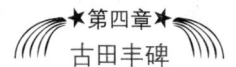

枢,健全党的各级组织,厉行集中指导下的民主生活,实行集体领导的原则,并对提高党员质量、加强党的组织纪律性和党的组织生活,提出了比较具体的要求。决议强调对部队进行马克思主义和党的正确路线教育,指出红四军党内"存在着各种非无产阶级的思想,这对于执行党的正确路线,妨碍极大。若不彻底纠正,则中国伟大革命斗争给予红军第四军的任务,是必然担负不起来的"。要"对党员作正确路线的教育"。决议分析了各种错误思想和表现,及其产生的社会根源和思想根源,明确了纠正错误思想的办法,指明"红军党内最迫切的问题,要算是教育的问题"。决议阐明了军事与政治的关系,指出"军事只是完成政治任务的工具之一,"批判了"认为军事领导政治"、"军事好,政治自然会好"、"司令部对外",以及把政治机关隶属于军事机关的单纯军事观点。决议规定"红军的政治机关与军事机关,在前委指导之下,平行地执行工作"。决议确立了正确处理军队内部和外部关系的原则,即红军官兵政治上平等,官长应爱护士兵,士兵要尊重官长。要保障士兵的民主权利,坚决废止肉刑,纠正打骂士兵等旧军队的管教方法,实行优待照顾伤病员的制度。决议重申严格执行三大纪律和各项注意,支持和尊重地方政府,爱护人民群众,接受人民群众的监督和批评。决议还确立了瓦解敌军的原则,规定了红军宣传工作的任务和要求。决议指出:"红军宣传工作的任务,就是扩大政治影响,争取广大群众。"宣传内容要基于红军政纲和针对各阶级、各阶层不同对象的情况,宣传的方式要灵活多样。决议特别强调,"红军纪律是一种对群众的实际宣传"。

罗荣桓回忆说:"红四军第九次党代表大会以后,我军要建立一支什么样的军队,就定型了。"古田会议从中国革命的特点和实际出发,围绕如何建立无产阶级政党和党领导下的人民军队,创造性地回答了党和军队建设

一系列根本性、方向性的重大问题，探索和确立了思想上建党、政治上建军的正确道路，奠定了党和军队建设及军队政治工作的坚固基石，其中一些宝贵经验，至今仍有指导借鉴意义。

　　古田会议选举毛泽东、朱德、陈毅、罗荣桓、林彪、伍中豪、谭震林等11人为中共红四军前委委员，毛泽东为前委书记。古田会议的精神及"朱毛红军"的经验随后被推广到全国各地的红军，对中国革命的发展起到了重要的推动作用。

拓展阅读

2014年10月30日,全军政治工作会议在福建省上杭县古田镇召开,被称为"新古田会议"。中共中央总书记、国家主席、中央军委主席习近平出席会议并发表了重要讲话。

古田会议开创了马克思主义的建党建军原则,确立起我军政治工作一整套方针、原则和制度,成功解决了如何将以农民为主要成分的军队建设成为无产阶级性质的新型人民军队这个根本性问题,在我党我军建设史上具有里程碑意义。全军政治工作会议,弘扬古田会议优良传统,贯彻整风精神,研究解决新的历史条件下党从思想上、政治上建设军队的重大问题,不遮不掩,刨根问底,表现出直面问题的政治勇气和革弊鼎新的使命担当。

革命的政治工作是革命军队的生命线,这是人民军队在血与火的伟大斗争中得出的深刻结论。我军政治工作萌芽于大革命时期,创立于建军之初,奠基于古田会议,在后来长期革命、建设、改革实践中不断丰富和发展。正是由于实行革命的政治工作,才保证了我军始终是党的绝对领导下的革命军队,才为我军战胜强大敌人和艰难险阻提供了不竭力量,才使我军始终保持了人民军队的本色和作风。

当前,我们党正带领人民进行具有许多新的历史特点的伟大斗争,我军建设所处的时代条件和历史方位发生深刻变化。面对意识形态领域斗争的新态势、价值取向日益多元多样多变的新特点、深化国防和军队改革的新考验、军队现代化转型和使命任务的新要求,军队政治工作只能加强不能削弱,只能前进不能停滞,只能积极作为不能被动应对。全军政治工作

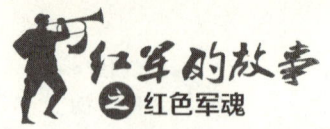

会议的召开，必将使政治工作焕发蓬勃生机和强大威力，必将把军队各项建设和工作更好地推向前进。

军队政治工作的时代主题是，紧紧围绕实现中华民族伟大复兴的中国梦，为实现党在新形势下的强军目标提供坚强政治保证。这是新的历史条件下党赋予军队政治工作的庄严使命。只要我们牢牢把握这一时代主题，政治工作的历史地位就能不断巩固；只要我们始终坚持这一时代主题，政治工作的重要作用就能充分发挥。

要贯彻整风精神，清理思想政治工作积弊，以解决突出问题为突破口，加强思想、组织、作风、纪律建设，……深刻反思教训，彻底肃清影响。要围绕时代主题，着力秉纲执本，加强和改进新形势下我军政治工作，把理想信念在全军牢固立起来，着力培养有灵魂、有本事、有血性、有品德的新一代革命军人；把党性原则在全军牢固立起来，坚持党的原则第一、党的事业第一、人民利益第一；把战斗力标准在全军牢固立起来，形成有利于提高战斗力的舆论导向、工作导向、用人导向、政策导向；把政治工作威信在全军牢固立起来，引导各级干部特别是政治干部把真理力量和人格力量统一起来。要抓紧抓实铸牢军魂这个核心任务，突出抓好高中级干部队伍建设，坚定不移正风反腐，持续有力培育战斗精神，推动政治工作创新发展。要抓好政治机关和政治干部队伍建设，强化政治意识、阵地意识、大局意识，努力学军事、学指挥、学科技，努力建设对党绝对忠诚、聚焦打仗有力、作风形象良好的政治机关和政治干部队伍。各级党委特别是正副书记要履行抓政治工作的职责，主动谋划政治工作，主动研究解决政治工作面临的矛盾和问题，加强对政治工作的组织领导，动员广大官兵积极参与，齐心协力开创我军政治工作新局面，发挥政治工作对强军兴军的生命线作用，在新的起点上书写政治工作新篇章。

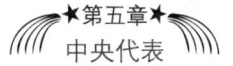

第五章　中央代表

党对军队绝对领导制度的发展不是一帆风顺的,尤其在探索阶段。虽然古田会议对党的军事领导制度做出了一系列正确的规定,并在红军中产生了积极影响,然而,随着"左"倾领导人占据中央领导地位,党对军队的绝对领导制度遭遇严重挫折。

"外国经验"成圭臬

1927年大革命失败后,中国共产党走上了独立领导中国革命的道路。然而,中国共产党尚处于发展不成熟的阶段,再加上共产国际高度集权体制的束缚,我们党不善于把马克思主义基本原理同中国具体国情结合起来,而是把马克思主义理论教条化,把共产国际指示神圣化,把"外国经验"奉为圭臬。

中国共产党发动和领导的一系列武装起义,给国民党反动派以沉重打击。由于对中国社会性质以及革命性质、对象、动力、前途等关系革命成败的重大问题的认识并不深刻,党和红军在武装斗争中出现了一些错误。形势的发展,迫切需要召开一次党的全国代表大会,制定符合中国实际的新的路线、方针、政策。经共产国际批准,1928年6月18日至7月11日,中国共产党在莫斯科近郊的兹维尼果罗德镇召开第六次全国代表大会。之

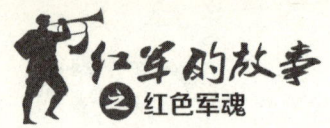

★ 中共六大会址

所以选择莫斯科,既是为了安全,更是为了便于就近得到共产国际的指导。中共六大认真总结了大革命失败以来的经验与教训,对有关中国革命的一系列存在严重争论的根本问题,做出了基本正确的回答。在中国社会性质和革命性质问题上,指出现阶段的中国仍是半殖民地半封建社会,引起中国革命的基本矛盾一个也没有解决,现阶段的中国革命依然是资产阶级性质的民主主义革命。在革命形势和党的任务问题上,明确了革命处于低潮,党的总路线是争取群众,中心工作不是千方百计地组织暴动,而是做艰苦的群众工作,积蓄力量。中共六大的路线基本上统一了全党思想,对克服党内存在的"左"倾情绪,实现工作的转变,起了积极的作用。

中共六大及随后召开的六届一中全会选举苏兆征、项英、周恩来、向忠发、瞿秋白、蔡和森、张国焘为中央政治局委员,关向应、李立三、罗登贤、彭湃、杨殷、卢福坦、徐锡根为政治局候补委员;选举苏兆征、向

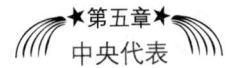

忠发、项英、周恩来、蔡和森为中央政治局常委会委员,李立三、杨殷、徐锡根为常委会候补委员。六届中央政治局第一次会议选举向忠发为中央政治局主席兼中央政治局常委会主席,周恩来为中央政治局常委会秘书长。由于共产国际要求中国共产党在中央领导层尽量安排工人成分的革命者,工人出身、大革命时期又是工人运动领袖的向忠发,因而受到共产国际的青睐,顺利地成为中国共产党的最高领导人。

共产国际依据苏联共产党的意见和苏联红军经验,帮助中国共产党在六大上制定了《军事工作决议案(草案)》,对中国工农红军建设作了一系列规定,其中与军事制度有关的内容主要有以下几点:

第一,党应当加强对军队的集中统一领导,"中国共产党的一切军事工作都应集中于中国共产党中央军事部。各地应设立军事委员会,受地方党部之一般指导而工作,但于军事技术方面,则受中央军事部之指挥。中央军事部和各地军事委员会均依据中国共产党中央所规定之计划书而工作"。

第二,在中国工农红军控制的区域,建立苏维埃政权,红军"在各方面都应服从当地最高级苏维埃政权的命令和指挥"。

第三,改革军队政治工作制度,"采用苏联红军组织的经验,实行政治委员与政治部制度。叶挺与贺龙部队的遭破坏,其重要原因之一,即在于他们军队中未设法肃清反动的官长,未派遣政治委员,未设立政治训练等机关"。

第四,重视军官出身,"官长工人化,关于这些军事官长的造就,现在即应开始(派人至国外由兄弟党办理)"。

第五,改造旧军队,"旧军队的兵士应经中央慎重选择和政治训练后方可采用。且从军阀转过来的各种军队,必须立即改编,以相当的可靠的革命战斗员参加其中。有可能时应将其旧时全体干部撤换,用我们自己可靠

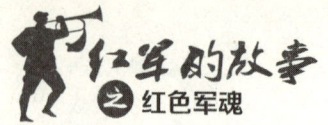

的军官"。

中共六大关于军事制度的规定,是以苏联红军领导制度为蓝本的。苏联红军是世界上第一支无产阶级性质的新型军队,它是无产阶级革命导师列宁创建的,在俄国革命战争中显示了巨大的威力。因此,积极学习、借鉴苏联红军领导制度的经验,有一定的历史必然性与合理性,在我军制度建设史上也起到了积极作用。但是,由外国人来主导制定党的军事制度,并且不善于把外国经验与中国具体国情、军情结合起来,照搬照抄外国经验,这是中国共产党不成熟的标志,必然会在实际工作中产生消极的影响。中国工农红军的历史证实了这一点。例如,中共六大通过的《苏维埃政权组织问题决议案》规定:"与土匪或类似的团体联盟仅在武装起义前可以适用,武装起义之后宜解除其武装,并严厉地镇压他们,这是保持地方秩序和避免反革命的头领死灰复燃。他们的首领应当作反革命的首领看待,即令他们帮助武装起义亦应如此。这类首领均应完全歼除。让土匪深入革命军队或政府中,是危险异常的。这些分子必须从革命军队和政府机关中驱逐出去,即其最可靠的一部分,亦只能利用他们在敌人后方工作,绝不能置他们于苏维埃政府范围之内。"这一规定明显与中国工农红军的实际不符。

中共六大产生了党的中央军事领导机构,成立了中央军事部,杨殷担任部长,聂荣臻担任参谋长,欧阳钦担任组织科科长兼秘书长,鲁易担任秘书。1930年3月,中共中央军事部改为中共中央军事委员会,由周恩来担任书记。

中共六大结束之后,各代表回到原地,传达、贯彻六大精神。根据六大决议,江苏、顺直、湖南、湖北、江西、福建、浙江等省委都成立了军事领导机构,产生了军事领导人。中国工农红军各部队的党代表也都先后

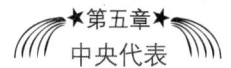

改为政治委员。

随着革命斗争的深入,党的军事领导制度的内容越来越丰富。1930年10月,中共中央颁布了我军历史上第一部政治工作条例,即《中国工农红军政治工作暂行条例》,系统总结了我军制度建设的经验,明确规定了红军要接受中国共产党的领导,并围绕这一核心内容,制定了《中国工农红军政治指导员工作暂行条例草案》《中国工农红军政治委员工作暂行条例草案》《中国工农红军政治处工作暂行条例草案》《中国工农红军军师政治部工作暂行条例草案》《中国工农红军军区及集团军政治部工作暂行条例草案》《中国工农红军总政治部工作暂行条例草案》《中国工农红军中党的连支部及团委工作暂行条例草案》《中国工农红军党务委员会工作暂行条例草案》《中国工农红军青年团工作暂行条例草案》《中国工农红军政治机关及党部与地方党部关系暂行条例草案》10部条例。

这些条例,把党对红军的绝对领导制度具体化、规范化,完善和发展了党对军队的绝对领导制度,但其中有些规定并不完全符合红军实际,如简单照搬苏联红军曾经实行的"政治委员一长制"的经验,不恰当地提高政治委员的地位,强调"政治委员在与同级军事指挥员有争持时,政治委员有停止军事指挥员命令之权"。条例没有吸收古田会议肯定的党委制,存在着以政治委员制取代党委制的倾向,为后来错误地取消党委制提供了法规依据。同时,条例片面强调工人成分,为后来犯"左"倾错误的领导人推行错误的组织路线提供了法规依据。

瑕不掩瑜。中共六大及其随后的一系列规定,总的方面是正确的,作用是积极的,其错误、缺点还没有占据主导地位,其消极影响还是局部的。

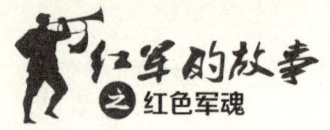

"进攻路线"埋祸根

回顾第二次国内革命战争时期党和红军的历史,不能不提到王明。王明,原名陈绍禹(陈绍玉),字露清,1904年出生于安徽省金寨县双石乡码头村的一户贫民家庭。1919年夏,王明进入河南省固始县陈淋子镇志成小学学习,1920年以优异成绩考入安徽省立第三甲种农业学校,在校期间受到进步师生的思想熏陶,开始从事革命活动。1924年夏,王明在家乡金寨联络回乡度假的在外地求学的学生,成立"豫皖青年学会"。同年秋,王明考入国立武昌商科大学预科学习。1925年6月,王明在武昌积极参与支持上海五卅运动的活动,被推选为武昌学生联合会干事和湖北青年团体联合会执行委员。同年10月,王明加入中国共产党。11月,王明赴莫斯科中山大学学习,学习期间,由于思想激进,深得莫斯科中山大学副校长米夫赏识。1927年初,王明回国工作,在大革命失败前夕,随米夫去了苏联,在莫斯科中山大学工作。在苏联的4年里,王明勤于钻研,理论水平提高很快,也形成了"唯圣""唯书"的教条主义。1929年回国后,王明担任《红旗》编辑,发表了许多文章。

1931年1月7日,中国共产党在上海秘密召开扩大的六届四中全会,参加会议的有中央委员和候补中央委员共22人,列席会议的有15人。在共产国际代表米夫的把持下,不是中央委员的王明不仅出席会议,而且享有选举权和被选举权。在这次大会上,王明不仅被选为中央委员和中央政治局委员,而且很快又补入中央政治局常委会。此时,虽然向忠发担任中共中央总书记,但实际权力掌握在米夫支持的王明手中。

新的中央组成后,立即推行"左"倾错误路线,很快就发出第一号

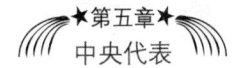

《通告》，抛出了所谓"进攻路线"，称："在国民党统治和帝国主义残酷侵略的条件之下，全国的经济政治危机只有日益深刻，工农劳苦群众只有更加贫困，一切改良主义的口号都将成为欺骗，而新的军阀战争，也将是不可避免的。因此，革命的群众斗争是高涨的，尤其是农民土地革命在无产阶级领导之下将向前发展，而苏区与红军的存在也将更加推动着革命运动前进。在这样的条件下，我们必须坚决执行进攻的路线，这不仅能击破'围剿'，破坏反革命武装势力，保持住已得的胜利，而且还可以更加扩展苏维埃运动。"

为了更有力地推行所谓"进攻路线"，新的中央向各个革命根据地派出"中央代表"，"改造和充实"各级领导机关，用"钦差大臣满天飞"的办法贯彻"左"倾错误路线。中央派夏曦任湘鄂西中央分局书记；派张国焘、沈泽民、陈昌浩到鄂豫皖，由张国焘担任鄂豫皖中央分局书记；派曾洪易到赣东北；等等。中央规定："中央局或中央分局是代表中央的，他有权可以改正和停止当地最高党部的决议与解散当地党委。"因此，被派往各地的中央代表将各地党委控制在自己的手中，掌握了各地党的领导权。

在众多根据地中，面积最大、地位最重要的要数中央革命根据地。中央革命根据地，亦称中央苏区，位于江西南部、福建西部，是由赣西南、闽西两块根据地合并而成的，是毛泽东、朱德直接领导开辟的，是全国苏维埃运动的中心区域。全盛时期，中央革命根据地的范围包括江西的瑞金、会昌、寻乌、安远、信丰、于都、兴国、宁都、广昌、石城、黎川和福建的建宁、泰宁、宁化、清流、归化、新罗、长汀、连城、上杭、永定21个县城，面积达到5万平方公里，人口达到250万，红军人数近10万。

中央革命根据地是红一方面军全体将士浴血奋战的结果。1930年6月，根据中央加强对红军统一指挥的指示，在福建长汀的南阳镇，红四军与红

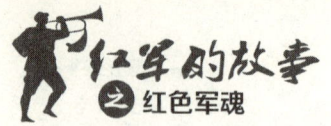

六军、红十二军合编组成红军第一军团,朱德任总指挥,毛泽东任政治委员,全军团约2万人。同时,还成立了中国革命军事委员会,毛泽东任主席,委员包括朱德、曾山、李文林、刘士奇、邓子恢、黄公略、彭德怀、林彪、陈毅等。

1930年6月,根据中央指示,红五军第五纵队和赣北红军合编为红八军。7月,在湖北阳新,红五军与红八军组成红三军团,全军团约1.7万人。彭德怀任前委书记和总指挥,滕代远任政治委员。

1930年7月,彭德怀指挥红三军团执行中央"会师武汉,饮马长江"的部署,一举攻占湖南省会长沙。这是土地革命战争时期红军攻克的第一座省会城市,国民党当局立即动用数倍于红军的优势兵力抢夺长沙。毛泽东、朱德闻讯立即率红一军团入湘支援,并取得了著名的文家市大捷。8月,红一军团与红三军团在浏阳永和会师。两个军团前委联席会议决定成立中国工农红军第一方面军和中共红军第一方面军总前委,毛泽东任红一方面军总政治委员和总前委书记,朱德任总司令,彭德怀任副总司令,滕代远任副总政治委员。这是最早最强大的中国正规工农革命武装,下辖2个军团,共3万余人。这支部队,由几年前1000人上井冈山的秋收起义部队,壮大发展成拥有数万精兵勇将的雄师劲旅,是当时全国红军中最强大的主力部队,史称"朱毛红军"或"中央红军"。在毛泽东、朱德、彭德怀的率领下,红一方面军先后创建了赣南、闽西根据地,发展到拥有第一、三、五、七、八、九军团,共10万多人,成为中央革命根据地的坚强堡垒。

很自然地,新的中央最重视中央革命根据地,派出了阵容强大的"中央代表团",由王稼祥、任弼时、顾作霖组成。其实,早在中央代表团来之前,中央就委派项英来中央苏区了。

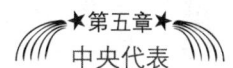

在红军和根据地发展到一定规模时,中央就考虑,建立全国性的红色政权,加强对全国红军的统一领导。1930年2月4日,党中央发布《第六十八号通告》,决定召开全国苏维埃区域代表会议,建立全国革命政权。8月,中共中央总行委主席团会议提出:"在对全国主要中心城市加强主观力量的同时,要巩固统一苏维埃区域,应在几个赤色区域内统一党的领导。"会议还提议在赣西南苏区成立中央局,以指导红军及群众的工作。9月召开的六届三中全会要求在苏维埃区域建立中央局,以统一各苏区党的领导,规定:"当苏维埃临时中央政权建立起来后,苏区的中央应经过党团在政权中起领导作用。苏区各特委凡能与苏区中央局发生直接关系的地方,都应隶属其指挥。"10月17日,中共中央临时政治局决定,由周恩来、项英、毛泽东、任弼时、朱德、吴振鹏、余飞,再加上当地两人,组成苏区中央局,以周恩来为书记,由项英、毛泽东、任弼时、朱德、彭德怀、叶

★中共苏区中央局部分委员合影

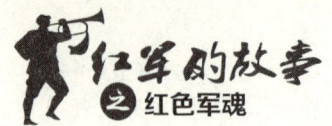

剑英、周恩来等25人组成苏区军委。12月,项英受中央委托,来到闽西苏区。1931年1月15日,中共苏区中央局在江西宁都小布地区正式成立,由周恩来、项英、毛泽东、任弼时、朱德等9人组成,周恩来担任书记。在周恩来到达苏区之前,由项英代理书记一职。苏区中央局管辖赣西南、湘鄂赣、闽粤赣、赣东北、赣鄂边、鄂豫皖、左右江等苏区特委。在中央局之下设立中央军事委员会,项英任主席,朱德、毛泽东任副主席,朱德兼任红一方面军司令员,毛泽东兼任军委总政治部主任和红一方面军总政治委员。中共红一方面军总前委和中国工农革命委员会随即撤销。苏区中央局虽然成立了,但多数委员要么因在白区,要么因担任军队领导职务,都不能到位,实际上只有项英一人负责中央局工作,许多工作没有开展起来。

1931年3月,中央代表团从上海动身,前往苏区。"中央代表团"的成员任弼时、王稼祥和顾作霖,都是王明十分信任和器重的人。任弼时,湖南汨罗人,1921年春入莫斯科东方大学学习,1924年学成回国后先后担任中国共产主义青年团中央书记、总书记,在中共六届四中全会上当选为中央政治局委员。王稼祥,安徽泾县人,1925年10月赴苏联莫斯科中山大学学习,1928年进莫斯科红色教授学院读书。顾作霖,江苏嘉定(现上海嘉定县徐行镇)人,曾担任过中共山东省委常委、长江局主席团成员、团中央组织部部长、

★中央苏区中央局旧址

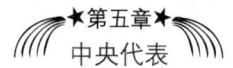

参加过六届四中全会。

1931年4月,"三人团"到达中央革命根据地,全面推行"进攻路线"。但是,令这些"钦差大臣"始料未及的是,"进攻路线"在中央苏区受到了反对,其中以毛泽东为代表。毛泽东是中央革命根据地的主要创始人,党的一大代表,中央政治局候补委员。1927年9月,毛泽东领导秋收起义部队进攻城市受挫后,冒着巨大的政治风险,停止执行中央原定的计划,将部队拉到井冈山,将革命力量有组织地向反革命势力薄弱的农村转移,走上了开辟农村革命根据地的道路。在革命处于低潮的情况下,有组织地实行战略转移,保存有生力量,在农村开展土地革命,积蓄和发展革命力量,最终夺取政权,这是符合中国国情的正确道路。毛泽东还撰写了多篇文章,以阐明自己的军事路线。他特别强调,中国的事情要靠中国的同志来办,含蓄地否定了照搬照抄他国经验的教条主义,实际上提出了独立自主开辟中国革命道路的思想路线。在毛泽东的正确领导下,根据地军民先后粉碎了国民党军队的3次"围剿",经济和文化建设也取得了很大的成绩,毛泽东因此在苏区军民中享有崇高的威望。

被实践证明是正确的毛泽东的军事路线,与"左"倾领导人的"进攻路线"是矛盾的,因而毛泽东一再受到批评与否定。"三人团"到苏区后,集中火力对毛泽东进行"进攻路线"的宣传。1931年11月1日至5日,"三人团"在瑞金叶坪主持召开苏区党的第一次代表大会(史称"赣南会议"),向毛泽东发起全面进攻。双方在三个重要问题上展开了激烈的争论。一是思想路线问题。毛泽东坚决反对本本主义,要求从中国的实际出发。"左"倾领导人批判毛泽东是"狭隘的经验论",是"党内的事务主义"。二是富农政策。毛泽东反对从肉体上消灭地主、富农,主张消灭剥削阶级,但对地主、富农要给出路,在土地革命中实行"以人口平分及实行抽多补少、

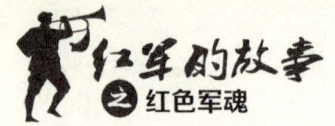

抽肥补瘦"的原则。"左"倾领导人要求把地主、富农赶尽杀绝,实行"地主不分田,富农分坏田"的政策。三是军事路线问题。毛泽东主张从实际出发,注重游击战、运动战。"左"倾领导人批判毛泽东是"极严重的一贯右倾机会主义",指责毛泽东在军事上犯了"游击主义、保守主义、单纯防御路线"的错误。

"进攻路线"的核心是军事路线,要求弱小的红军对国民党军队进攻,夺取大中城市,毛泽东对此坚决反对。为消除毛泽东在根据地的影响,中央代表"三人团"决定调整军事领导体制,以剥夺毛泽东的军事领导权。他们盲目模仿苏联红军"一长制"经验,指责红一方面军实行党委制犯了"党的包办主义错误","削弱了政治委员和政治部代表党的政府的制度",决定取消党委的集体领导制度,规定政治委员有最高决定权。会议撤销了毛泽东的中共苏区中央局代理书记职务,使毛泽东失去了中央苏区最高领导人的职位。会议还决定,设立中央革命军事委员会,并取消红一方面军总司令和总政委、总前委书记的职位,后两个职位也是由毛泽东担任的。

考虑到毛泽东在党、红军和共产国际中的威望,"三人团"决定只给毛泽东安排政府的领导职务。11月7日召开的中华苏维埃第一次全国代表大会,选举毛泽东为中华苏维埃共和国中央执行委员会主席、人民委员会主席,任命朱德为中华苏维埃共和国中央革命军事委员会主席,王稼祥、彭德怀为副主席,任命王稼祥为中华苏维埃共和国中央革命军事委员会总政治部主任。毛泽东在军队中的领导职务被全部解除了,只能以政府主席的名义,参加由自己一手创建的红一方面军的行动。

1931年12月底,政治局常委、中共中央军事委员会书记周恩来离开上海,抵达瑞金,担任中共苏区中央局书记。周恩来在主持中央军事部和

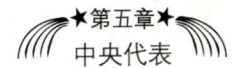

中央军事委员会工作期间,非常欣赏毛泽东的军事才能,积极支持毛泽东。到苏区后,周恩来十分尊重毛泽东。在周恩来的多次争取下,1932年8月,苏区中央局恢复了毛泽东红一方面军总政委的职务。可是,由于毛泽东继续抵制"左"倾错误路线,引起中央代表"三人团"的更大不满。1932年10月3日至8日,中共苏区中央局遵照临时中央的指令,在宁都县城以北的小源村召开特别会议,史称"宁都会议"。出席会议的有后方的领导人任弼时、项英、顾作霖、邓发,前方的领导人周恩来、毛泽东、朱德、王稼祥。会上,任弼时、项英和顾作霖对毛泽东进行了猛烈的抨击,"开展了中央局从未有过的反倾向斗争"。他们指责毛泽东的"诱敌深入"方针为"专去等待敌人进攻的右倾主要危险","表现对革命胜利与红军力量估计不足";批评毛泽东对"夺取中心城市"方针采取"消极怠工"的态度,是"纯粹防御路线"。他们提出把毛泽东调到后方专门负责政府工作,由周恩来负责指挥作战。此时,"三人团"的成员、红军总政治部主任王稼祥勇敢地站了出来,明确表示了自己的态度。他说:"我是四中全会后中央派来苏区工作的,我对中央指示也一直是服从和执行的。但是我从几次反'围剿'的胜利中,以及从攻打赣州的教训中,逐步认识到毛泽东同志的思想主张是符合红军和苏区实际情况的,他提出的战略思想和战术原则,已被实践证明为行之有效,他的指挥决策也一再被证明是正确的。即将开始的第四次反'围剿',正需要毛泽东这样的指挥者和领导人。我的意思是:大敌当前,不可换将;指挥重任,非他莫属。"

作为中共苏区中央局最高首长的周恩来陷入两难境地,针对会议斗争激烈的情况,他采取了调和双方的立场。他首先以温和的态度,一方面批评前方领导人"有以准备为中心的观念,泽东表现最多,对中央电示迅速击破一面开始不同意,有等待倾向";另一方面,他指出后方中央局个别同

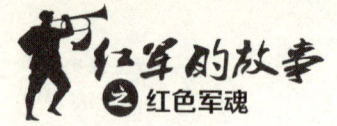

志对毛泽东的批评过分了。周恩来竭力维护和支持毛泽东,力主毛泽东留在前方指挥作战,认为"泽东积年的经验多偏于作战,他的兴趣亦在主持战争","如在前方则可吸引他贡献不少意见,对战争有帮助"。为了让毛泽东继续留在前方,周恩来提出可供选择的两种方案:"一种是由我负主持战争全责,泽东仍留前方助理;另一种是泽东负指挥战争全责,我负责监督行动方针的执行。"这两个方案有一个共同点,就是都要毛泽东留在前方,而不同意将毛泽东调回后方。朱德、王稼祥也不同意毛泽东离开前线。但是,因为与会多数人认为,毛泽东"承认与了解错误不够,如他主持战争,在政治与行动方针上容易发生错误"。毛泽东坚决不赞成后一种方案,即由他"负指挥战争全责"。会议通过周恩来提出的前一种方案,即"泽东留在前方助理",同时批准毛泽东"暂时请病假"回后方,"必要时到前方"。

会议结束后,根据临时中央的指示,后方中央局借口毛泽东身体不好,撤销了他刚刚恢复的红一方面军总政委的职务,调他回后方主持中央政府工作,并于10月12日以中央革命军事委员会的名义公布了毛泽东离开红一方面军总政委工作岗位的消息。毛泽东最后一点兵权竟然在最需要他的紧急关头被剥夺了。

由于毛泽东一系列的正确主张被否定,毛泽东的军事领导权被解除,因此"进攻路线"在中央苏区得到全面贯彻,对根据地建设产生了多方面的消极影响,埋下了红军军事斗争失败、被迫放弃中央革命根据地的祸根。

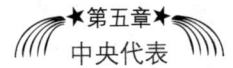

"最高三人团"遭质疑

1931年上半年,顾顺章、向忠发等先后被捕叛变,党中央在上海的机关遭到严重破坏,形势日益险恶,中央领导人不得不转移到安全地区。1931年10月,王明前往莫斯科。经共产国际批准,以博古、张闻天、卢福坦(后叛变)为中央常委,组成临时中央,博古担任总负责人,继续领导革命。行前,王明特意与博古进行了交谈。王明一再叮嘱博古:"决不可擅自行动,更不得听信他人,万事都要请示共产国际。"博古记住了这句话,把这句话当成了"圣旨"。他在主持中央工作的时候,大小事情都请示共产国际,不敢越雷池一步。

博古,1907年出生于江苏无锡。早年就读于苏州工业专门学校,积极参加学生爱国运动。1925年入上海大学学习,参加五卅运动。同年底加入中国共产党。1931年4月任中国社会主义青年团书记。担任党的最高负责人时,博古才24岁。这时的博古,风华正茂,血气方刚。博古置生死于度外,全身心地扑在革命工作上。然而,上海的形势实在太险恶了,不断有同志被捕牺牲,临时中央在上海根本无法正常开展工作。在请示共产国际后,博古决定把临时中央迁移到中央苏区。

1933年初,博古和临时中央辗转来到中央革命根据地首府——江西瑞金。当时,博古面临的最紧迫的问题就是战争问题。一方面是为了在红军中更好地贯彻所谓"进攻路线",另一方面是为了集中所有力量打破国民党军队的"围剿",博古着手调整领导体制,把中央革命根据地的军事领导权集中于中共中央。这一做法应该说是合理的。兵权贵专,坚持党对人民军队的绝对领导,最根本的制度就是军队的最高领导权和指挥权集中于党中

央、中央军委。党在领导南昌起义、创建人民军队之始,就明确了党对军队的绝对领导的原则。最初,党中央强调的是对军队实行"政治指导",而不是军事指挥。1928年7月,周恩来在中共六大的军事报告中说:"红军一定要在苏维埃政府指挥下,绝不能单独受党直接指挥。"中共六大通过的决议案强调要"巩固军队中的党的指导"。党中央虽然设立了军事部、军事委员会,但没有对红军实行一元化领导。各地省委甚至边界特委都经常直接对红军部队下达指示,形成了"政出多门"的混乱局面。1928年6月,中共湖南省委特派员杜修经带着两封信来到井冈山,要求红四军立即向湘南发展,当时井冈山前委是受湖南省委直接领导的。这一错误决策造成了红军历史上的"八月失败"。直到1930年4月3日,中央才明确了中央军委的集中指挥问题,规定:"中央决定关于红军的指挥问题,以后各地已组织的正式红军,一切指挥权完全统一于中央军委,中央与各地红军距离太远指挥不灵便,中央军委将在各地设立办事处(如最近拟在南方及武汉设办事处)代表中央军委工作,如距办事处还远的地方,中央军委当委托各省军委指挥。"由于各地红军处于分散的状态,中央军委一直未能集中、统一行使对红军的最高领导权与指挥权。1931年11月25日,中华苏维埃共和国中央革命军事委员会在江西瑞金成立,简称中革军委。中央规定,中革军委担负着领导全国红军的任务,但实际上中革军委主要领导中央革命根据地的红军,对全国红军统一领导的问题仍然没有解决。

为了巩固中央的权威,便于集中统一领导,博古首先将中共临时中央政治局与中共苏区中央局合并,组成新的中共中央局,由他担任总负责人。1933年5月12日,博古又将中革军委由前方移到后方的瑞金,在前方另行组织中国工农红军总司令部兼红一方面军司令部,由朱德任工农红军总司令兼红一方面军司令,周恩来任工农红军总政委兼红一方面军政委。规

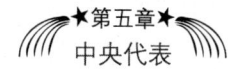

定中革军委主席朱德在前方时由项英代理主席一职。博古以这种方式，把军事权力集中到中央局，并掌握了最高军事领导权与指挥权。李德在《中国纪事（1932—1939）》中说："当时在瑞金的中央书记只有博古和张闻天，他俩的分工是博古负责党和军队工作，张闻天负责政府和地方苏维埃工作。"

1933年10月初的一天，中央政治局委员们接到一份通知：明日上午8点，在"独立房子"开会，不准缺席，不准带警卫员和秘书。当时，中共中央驻扎在江西瑞金市沙洲坝镇，那里有一座小庙，周围没有别的建筑，只是一片稻田，被人称为"独立房子"。

第二天上午，博古、张闻天、项英、毛泽东、陈云、王稼祥、邓发、刘伯承和罗迈（李维汉），准时来到"独立房子"。房子中间，站着一个身材高大的外国人，他就是李德。博古招呼大家坐下，然后以极其尊敬的态度说："同志们，今天，中央和中央军委在这里召开一个特别会议，热烈欢迎共产国际派到中国的军事顾问奥托·布劳恩同志。"大家热烈鼓掌，表示欢迎。博古接着说："为了保密，以后大家称呼奥托·布劳恩同志为李德同志。奥托·布劳恩同志是一位优秀的布尔什维克军事专家，忠诚的国际主义战士。奥托·布劳恩受共产国际委托，到中国来指导中国革命，体现了共产国际和斯大林同志对中国革命的高度关注与巨大支持。"房子里再次响起热烈的掌声。李德用俄语表示感谢。

奥托·布劳恩，奥地利人，1900年9月28日出生于德国慕尼黑。他参加过德国共产党和德国的共产主义运动，因此自称德国人。他向中国共产党炫耀他的德国国籍，无非是：第一，德国是马克思主义的故乡，作为马克思、恩格斯同乡的奥托·布劳恩，在中国人看来，他手中也掌握了马克思主义真理。第二，德国是个盛产军事家的国度，列宁称道的《战争论》

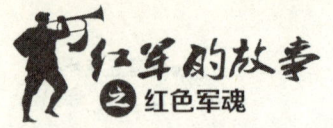

的作者克劳塞维茨、毛泽东景仰的军事家毛奇等，都是德国人。第三，奥托·布劳恩具有丰富的作战经验。他以德国共产党员的身份参加过第一次世界大战，还在1918年参与了创建巴伐利亚苏维埃共和国。这样一个老资格的国际共产主义战士，自然让年轻的中国共产党人崇拜不已。第四，奥托·布劳恩具有较丰富的军事理论。1928年他进入苏联，被送到苏联著名的伏龙芝军事学院，系统学习了军事理论，发表了多篇军事论文，引起了共产国际的关注和重视。第五，奥托·布劳恩是共产国际派往中国帮助中国革命的。自然，他被中国共产党人看成了共产国际的"代表"。

奥托·布劳恩即李德头顶的这些光环，让年轻的中国共产党最高负责人博古在他面前折服了。博古在苏联留学期间，结识了李德，两人有过一段交往。李德来到上海后，博古强烈要求将李德带到中央苏区，协助自己进行军事指挥，因为博古对军事完全是个外行。经共产国际批准，1933年9月，李德秘密来到中央苏区，担任中华苏维埃共和国中央革命军事委员会军事顾问。博古把李德安排住在"独立房子"里。为了把他的生活照顾好，中央给他配备了翻译、保健医生、秘书，并在稻田里养了一群鸭子，经常杀鸭子给他吃；还特地通过地下党组织，从上海、广州等大城市想方设法弄来他喜欢的咖啡、雪茄。人们经常看到留着红发和红胡子的李德，骑着一匹高大的黄马，在警卫陪伴下，威风凛凛、神气十足地在"独立房子"周围活动。

寒暄过后，博古郑重宣布："李德同志作为军事顾问，负责主管军事战略、战役战术领导，同时负责部队训练和后勤组织，参加中央及军委的各个重要会议，所有军事上的问题都必须接受顾问同志的指导和监督。党和红军的各级领导，都必须尊重和服从顾问同志的指示。"后来，李德在《中国纪事（1932—1939）》中说："1932年春，我从莫斯科伏龙芝军事学院毕

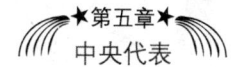

业,接着由共产国际执行委员会派往中国。精确地说,我的任务是在中国共产党反对日本帝国主义的侵略和反对蒋介石反动政权的双重斗争中担任军事顾问。"李德在赴中国苏区之前,请求共产国际指示,共产国际回复:李德作为没有指示权力的顾问,受支配于中国共产党中央委员会。原来,共产国际没有授予李德指挥权,是博古一手把李德捧上了天,把中国工农红军的最高指挥权拱手让给了李德。李德在《中国纪事(1932—1939)》中说:"博古以及后来的周恩来,总是习惯于把一切军事问题事先同我讨论一下,然后在军事委员会上代表我的意见。这种情况看来也是很自然的,因为他们两人专门主管这方面的工作。虽然我再三提醒大家注意,我的职务只是一个顾问,并无下达指示的权力,但随着时间的推移,还是产生了这种错误的印象,似乎我是具有极大全权的。博古也许还有意识地容忍这种误解,因为他以为这样可以加强他自己的威望。"

1933年下半年,蒋介石经过精心准备,向中央苏区发动了第五次"围剿"。博古、李德提出要进行"中国两条道路的决战",实行"御敌于国门之外""不让敌人蹂躏一寸苏区土地"的方针,以堡垒对堡垒,结果红军在敌人强大火力的打击下,作战连连失利,黎川、硝石、资溪桥、浒湾等地相继失守。

在局势日益严峻的1934年1月,党中央在江西瑞金召开第六届中央委员会第五次全体会议,出席会议的有中央委员、候补中央委员和一些省的代表。博古主持会议,并作了题为《目前的形势与党的任务》的报告,陈云作了题为《国民党区域中的工人经济斗争与工会工作》的报告,张闻天作了题为《中国苏维埃运动与它的任务》的报告。全会全面肯定了四中全会以来的"左"倾错误路线,并通过了一系列"左"倾错误理论和政策,使以王明为代表的"左"倾冒险主义错误发展到了顶点,最终导致了中央

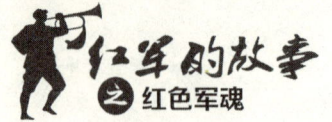

革命根据地第五次反"围剿"的失败。全会通过了《中共五中全会政治决议案》《五中全会关于白色区域中经济斗争与工会工作的决议》《五中全会给二次全苏大会党团的指令》，以及《致联共十七次代表大会电》《致德国共产党电》《致在狱同志电》《致工农红军电》等文件。全会增选王稼祥、凯丰（原名何克全）为中央委员，增选彭德怀、杨尚昆、李富春、李维汉、孔原为候补中央委员；改选了中央政治局，博古、张闻天、周恩来、王稼祥、项英、王明、陈云、康生、任弼时、张国焘、毛泽东、顾作霖12人为政治局委员，刘少奇、朱德、关向应、邓发、凯丰5人为政治局候补委员。全会决定设立中央书记处（又称中央政治局常委会），博古、张闻天、周恩来、项英为书记处书记，博古任总书记。会议选举了中央党务委员会，李维汉任书记。

紧接着，第二次全国苏维埃代表大会召开。被博古视作推行"进攻路线"障碍的毛泽东，再次受到排挤。毛泽东等175人当选第二届中央执行委员会委员，博古故意把王明和自己的名字排在最前面，把毛泽东的名字排在最后面。毛泽东虽然继续担任中央执行委员会主席，但原先担任的人民委员会主席的职务由张闻天取代。博古在架空毛泽东的同时，也排挤桀骜不驯的彭德怀，在新的中革军委中，不再安排他担任中革军委副主席的职务，而以朱德为主席，周恩来、王稼祥为副主席。

1934年4月，广昌失守，红军在根据地打破国民党军队的"围剿"已经丧失了可能性。中央召开书记处会议，决定进行战略转移，并报请共产国际同意。6月，根据博古的提议，中共中央书记处决定，由博古、李德、周恩来组成"三人团"，作为中共中央最高领导集团，全权负责战略转移工作。其内部分工是，政治上由博古负责，军事上由李德负责，周恩来负责督促军事准备计划的实行。从分工可以看出，博古和李德是真正的决策

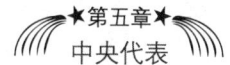

核心。博古作为党的最高领导人,代表中央领导军事工作。李德任中华苏维埃共和国中央政府革命军事委员会顾问,行使最高军事指挥权。"三人团"虽然属于一个临时性的组织,但实际上是统一领导和指挥全国各地所有党、政、军、民一切事务的最高领导集团,所以被称为"最高三人团"。从此时至遵义会议之前,"最高三人团"集中行使了对全国各地红军的最高领导权与指挥权。

"最高三人团"成立后,与各地红军保持了密切的联系,对战略转移作了统一安排,加强了各地红军的战略配合。在中央红军长征之前,临时中央组织了北上抗日先遣队。1934年7月初,红七军团奉命从福建连城地区调回江西瑞金待命。博古等中央领导接见了军团领导人寻淮洲、乐少华等,宣布由红七军团组成红军北上抗日先遣队,立即向闽、浙、赣、皖等省出动,向皖南进军,宣传党的抗日主张,推动抗日运动的发展,支援和发展皖南的革命局面。临时中央为了宣传党的抗日主张,公开发表了《为中国工农红军北上抗日宣言》《中国工农红军北上抗日先遣队告农民书》《中国能不能抗日》《拥护红军北上抗日运动口号》等文件,印制了"一致对外——驱逐日本帝国主义出中国""拥护红军北上抗日运动"等大量宣传品,总数达160多万份。

★红七军团领导,左起:军团长寻淮洲、政委乐少华、参谋长粟裕、政治部主任刘英。

除组织北上抗日先遣队外,"最高三人团"还决定让红六军团西征。1934年7月23日,中共中央和中革军委给红六军团下达训令,由任弼时任中央代表,萧克任军团长,王震任军团政治委员,率部离开湘赣苏区,转移到湖南中部,创建新的苏区。8月7日,红六军团第十七、十八师和红军学校共9700余人在任弼时、萧克、王震的率领下,从江西遂川的横石和新江口地区出发,进行西征。10月24日,红六军团主力到达黔东印江县木黄,与前来接应的由贺龙、关向应领导的红三军胜利会师。红三军经中央批准恢复红二军团番号,由贺龙、任弼时、关向应统一指挥红二、红六军团的行动。参与西征的萧克说:"红六军团突围西征,比中央红军早两个月,为中央红军长征起到了侦察、探路的先遣队作用。"这也为后来的三大主力红军会师做了重要准备。

★贺龙(左)、关向应(中)、任弼时(右)

"最高三人团"还作出了红二十五军战略转移的重要决策。1934年6月,博古和周恩来商量后,决定派程子华到鄂豫皖革命根据地工作,担任红二十五军参谋长,组织部队进行战略转移,开辟新的根据地。1931年10月,鄂豫皖苏区红二十五军成立于安徽金寨麻埠。1932年秋,红二十五军主力随红四方面军撤离鄂豫皖,奉命留守的红二十五军一部编成新的红二十五军,军长吴焕先,政治委员王平章。1934年,第二次组建的红二十八军并入红二十五军,徐海东任军长,吴焕先任政治委员,全军共3000余人。程子华到达后,原军长徐海东竭力推荐程子华担任军长。1934年11月,鄂豫皖省委做出决定:省委立即率红二十五军实施战略转移,由

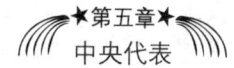

程子华任军长,吴焕先为军政委,徐海东由军长改任副军长,戴季英为军政治部主任。鉴于红七军团已经组成了北上抗日先遣队,省委决定:为宣传党的抗日主张,红二十五军主力在战略转移行动中,对外称"中国工农红军北上抗日第二先遣队",留下红军1个团及地方武装重建红二十八军,继续坚持鄂豫皖革命根据地的斗争。1934年11月16日,红二十五军约3000名指战员从河南省罗山县何家冲出发,开始长征。出发前,省委发布了《中国工农红军北上抗日第二先遣队出发宣言》,宣传党的抗日救国主张和红军北上抗日宗旨,号召全国同胞团结起来,一致抗日。红二十五军战胜了敌军的围追堵截,于1935年9月到达陕北,与刘志丹领导的陕北红军会合,合编为红十五军团,程子华任军团政委。这两支红军的胜利会师,巩固了陕甘根据地,为中央红军最终落脚陕北创造了最重要的条件。

★刘志丹

"最高三人团"只存在了半年多的时间,它的正确与错误的决策是互相交织的。例如,它确定的北上抗日的战略方针是正确的。从表面上看,长征期间,红军未与日军进行过一次战斗,也不可能与日军作战,为什么要高举抗日旗帜呢?立足中国革命的大局来看,我们就不难明白其意义了。中国共产党成立之初,就确立了反帝反封建的革命纲领,始终把帝国主义作为最主要的革命对象。1931年九一八事变后,中国共产党迅速组织领导东北义勇军,与日本帝国主义进行了长达14年的战争。1932年4月15日,中国

★程子华

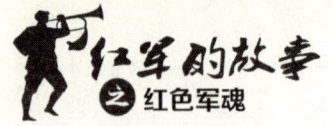

共产党发布《中华苏维埃共和国临时中央政府宣布对日战争宣言》和《中华苏维埃共和国临时中央政府关于动员对日宣战的训令》,郑重对日宣战。1933年5月,中国共产党与冯玉祥等一些国民党人合作抗日。中国共产党领导的对日战争,拉开了全民族抗日战争和世界反法西斯战争的序幕,无论在世界反法西斯战争中,还是在中国历史上都占有极其重要的地位。国民党政府直到1941年,才对日本宣战。由此可见,对日作战是中国共产党的一贯立场。红军北上抗日,是中国共产党反日斗争的一个重要部分。中国共产党坚持北上抗日是真诚的,绝不仅仅是一个口号。只是由于国民党军队围攻红军,红军难以直接对日作战。

在紧锣密鼓准备长征的1934年7月,博古发表演说,指出:"目前我们正处在日本帝国主义新的大举进攻的面前,处在日本帝国主义侵略中国的新阶段面前,处在中国民族危机新阶段的面前。"他主张:"党的基本方针,即在于尽量发展苏区与非苏区的群众革命斗争,把全国的革命斗争统一在无产阶级的领导之下,而适时地配合起来,率领他们为推翻帝国主义资产阶级地主的统治,为工农民主专政的苏维埃在全中国的胜利而斗争。这就是党的总的政治路线。"他提出了动员群众的一个重要口号:"武装民众的民族革命战争,反对日本和一切帝国主义,保卫中国的独立统一与领土完整。"博古进一步指出,中国工农红军准备与任何武装部队订立作战协定,来反对日本帝国主义的侵略。"任何武装部队"理所当然地包含国民党军队。博古在演说中借民主人士之口,表达了与国民党军队联合抗日的愿望。他说,国民党的一些下层党员质问国民党中央为什么不与红军联合抗日。博古明确要求反对"'左'倾的关门主义",提出党的基本方针是努力"建立广大的民众的反日统一战线"。博古表示:"工农红军已经必须而且能够分拨一部分的力量直接去抵抗日本帝国主义。中央政府与革命军事委员

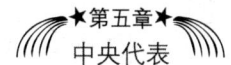

会,已经在这方面采取了相当的决定。我们应该给群众证明,红军是民众抗日战争的主力。红军直接对日作战的时期已经日益迫近,我们的全体红色的军人,应当准备着在任何时候率领着全国民众,进行神圣的抗日战争。这种情形,要求红军努力提高军事技术、军事政治的教育和自觉的纪律,使红军能随时与日本帝国主义作战。我们的赤少队,也要加强政治军事的训练,准备将来一声号召之下,站在全国民众的先头,去同日本帝国主义决一死战。"博古的演讲,得到了听众的热烈回应,这表明北上抗日是红军将士的共同愿望,中央北上抗日的方针具有深厚的群众基础。

"最高三人团"统一领导与协调全国各地红军的战略行动,强化了党中央对各地红军的统一领导,为后来三大红军主力会师,维护全党全军的统一提供了制度保证。然而,"最高三人团"包揽军事领导权与指挥权,在重大问题面前独断专行,不经中央政治局讨论就直接实施,破坏了党的集体领导原则。

行使最高军事指挥权的李德,虽然具有正规战的经验,但是对中国国情完全不了解。指挥红军作战时,李德不问中国国情、不顾战争实际情况,仅凭课本上的条条框框,坐在房子里按地图指挥战斗。当时的工作程序是,前方来的电报,工作人员都要先送到李德住处,查明电报所述地点的确切方位并完成翻译后,绘成简图由李德批阅。待李德批阅完毕并提出相应的处理意见,工作人员再译成中文送给军委副主席周恩来。这样指挥,岂有不败之理?然而博古却把李德当作共产国际的象征,把他偶像化、神圣化,唯李德马首是瞻。当然,博古的这一错误有极其复杂的原因。一方面,共产国际高度集权的体制不允许中国共产党和博古独立自主,只能一切服从共产国际的指示,不能越雷池半步。另一方面,受中国封建残余思想的影响,博古"唯书""唯上",把苏联革命经验教条化,不善于把马列

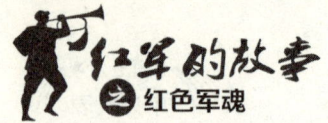

主义基本原理同中国具体国情结合起来。在博古心中，以什么态度对待李德，反映的是以什么态度对待共产国际，对共产国际不能有丝毫的怀疑。有时，博古对李德的一些做法也不赞成，但还是违心地同意。许多红军高级将领对李德的错误指挥提出了尖锐的批评，博古总是要求大家尊重"共产国际顾问的意见"。

在"最高三人团"的错误指挥下，红军第五次反"围剿"失败，被迫放弃中央革命根据地，进行战略转移；长征初期的湘江战役，红军损失数万人，由出发时的8万多人，锐减到3万来人。血的教训使越来越多的人对"最高三人团"强烈不满，"三人团"成了众矢之的。

刘伯承回忆说："广大干部眼看反五次'围剿'以来，迭次失利，现在又几乎濒于绝境，与反四次'围剿'以前的情况对比之下，逐渐觉悟到这是排斥了以毛泽东同志为代表的正确路线，贯彻执行了错误的路线所致，部队中明显地增长了怀疑、不满和积极要求改变领导的情绪。这种情绪，随着我军的失利日益显著，湘江战役达到了顶点。"

张闻天回忆说："长征出发后，我同毛泽东、王稼祥二同志住一起。毛泽东同志开始对我们解释反五次'围剿'中中央过去在军事领导上的错误，我很快地接受了他的意见，并且在政治局内开始了反对李德、博古的斗争，一直到遵义会议。"

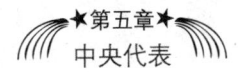

拓展阅读

莫斯科中山大学俄文全称为"中国劳动者孙逸仙大学",是联共(布)中央在孙中山去世后为纪念他而开办的,目的是为中国培养革命人才。当时正是第一次国共合作时期,1925年10月7日,国民党俄国顾问鲍罗庭在国民党中央政治会议第66次会议上正式宣布莫斯科中山大学的建立。会后,选拔委员会立即在广州、上海、北京、天津、汉口等大城市进行选派工作,消息一传开,上万名青年踊跃报考,"考中大"一时成为革命的时髦象征。经考核,300多名学生脱颖而出,其中广州180人,黄埔军校10人,湖南和云南的军校各10人,上海50人,京津50人,鲍罗廷推荐50人。

京、津、汉等地的学生先赴上海集中,自上海出发的首批学生100余人于1925年10月下旬乘苏联煤船去符拉迪沃斯托克,11月底到达莫斯科,其他几批学生到达莫斯科的时间分别是1925年12月、1926年2月和稍晚的一些时候。后来,从法国、德国、比利时等国家转来了一批勤工俭学的学生,其中就有邓小平等人。

莫斯科中山大学位于莫斯科沃尔洪卡大街16号。校园里有一座三层楼的小别墅,还有花园、篮球场、排球场、溜冰场。这座古建筑是十月革命前一个俄国贵族的官邸,屋顶浮雕华美,室内吊灯堂皇,每一间房屋都高大敞亮。学校内有三个附属机构:中国问题研究室、翻译局、中文印刷所。学生的衣、食、住、行、图书、文具、寒暑假费用和回国路

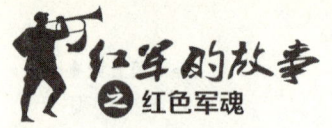

费等，全部由校方负担。

这所学校的教学目标在于培养熟练的政治工作人员，为了适应中国革命迅速发展的需要，学制为两年，并强调理论和实践并重，培养学员既具备群众工作的能力，又具备军事指挥的才干。来到学校后，学生首先要学习俄语。第一学年，俄语学习时间特别长，每天为4课时。其他课程为：政治经济学、历史、现代世界观、俄国革命理论与实践、民族与殖民地问题。第二学年的课程为中国革命运动史、世界通史、马克思主义哲学、列宁主义原理、经济地理等。莫斯科中山大学还有一门重要课程就是军事训练，该课程每周一天，主要内容为步兵操典、射击、武器维修等。

担任讲课的教师都是从苏联各大学请来的有声望的党员教授，如马丁诺夫、利浦曼、瓦克斯等。此外，共产国际和苏联共产党的领导人也经常到学校作重要报告。斯大林于1927年5月13日作了长达3小时的报告——《和中山大学学生的谈话》，洛佐夫斯基作过关于宣传工作的报告，克鲁普斯卡娅作过关于共产主义教育的报告。

莫斯科中山大学为中国革命造就出一大批优秀人才，对中国革命做出了重要贡献。它随着中国革命形势的发展而建立，又随着中国革命形势的变化而撤销。1927年第一次国共合作破裂后，由国民党派去的学生基本上都被遣送回国内，学校主要招收中国大革命时期参加了革命斗争而又很难在国内继续从事革命活动的中国共产党人学习革命理论，以保存和培养中国革命力量。1930年秋，这所大学正式停办。

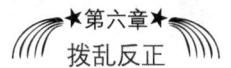

第六章 拨乱反正

毛泽东始终坚持"中国革命有它的特点,中国红军的斗争也有其特殊性,而这些是一个外国人永远不能理解的"的立场,这一立场被李德在《中国纪事(1932—1939)》中说成是毛泽东的一个"错误"。这个"错误"表明,不坚持独立自主,完全听从于外国或外国人指挥,就不可能有党对军队的绝对领导。在博古、李德的错误指挥下,红军第五次反"围剿"失败,被迫进行长征。长征中,中国共产党独立自主地解决了军事路线和组织路线问题,形成了以毛泽东为核心的新的中央领导集体,独立自主地行使对红军的最高领导权与指挥权,标志着党对军队的绝对领导制度发展到一个新的高度。

于无声处

最早反对错误路线、支持毛泽东的恰恰是中央代表"三人团"。第一个转变的是王稼祥。和毛泽东接触后,王稼祥逐渐理解了毛泽东。在宁都会议上,他勇敢地为毛泽东辩护。他说:"众所周知,我也是四中全会后中央派来苏区工作的,我对中央指示也一直是服从和执行的。但是我从几次反'围剿'的胜利中,以及从攻打赣州的教训中,逐步认识到毛泽东同志的思想主张是符合红军和苏区实际情况的,他提出的战略思想和战术原则,已

被实践证明为行之有效,他的指挥决策也一再被证明是正确的。第四次反'围剿'就要开始了,就需要毛泽东这样的指挥者!大敌当前,不可换将,指挥重任,非他莫属!"有人劝王稼祥,不要与中央领导对着干,他义正词严地说:"我与毛泽东同志并非故交,相识不久,倒是与王明、博古等同志是老同学、老同事,甚至同乡。我不赞成这种做法,而支持毛泽东同志的主张,相信不会被人认为是什么'小团体'或'宗派主义'。因此,我请大家撇开个人意气和人事纠纷,郑重考虑我的意见。"

原先反对毛泽东的任弼时,后来也认识到自己的错误,成为毛泽东的坚定支持者。临时中央来到苏区后,为了推行"左"倾错误路线,在福建发动了反对"罗明路线"的斗争,在江西开展了反对"邓、毛、谢、古"的斗争。罗明,原名罗善培,广东大埔县人,1921年考入厦门集美学校师范部,1925年考入广东大学(中山大学前身),同年加入中国共产主义青年团,并转入中国共产党。1926年任中共汕头地委书记,1927年任中共闽西特委书记。1928年2月任福建临时省委书记。1932年3月14日,中共闽粤赣省委在长汀召开第二次党代表大会,会议遵照中央苏区中央局的决定,将中共闽粤赣省委改组为中共福建省委,罗明任代理书记。在进军漳州时,罗明跌伤了腰部,伤口发炎,住进了长汀福音医院,与在医院治病的毛泽东相遇。两人就闽西地区的斗争策略意见一致。罗明出院后,担任福建省委前敌委员会书记,执行毛泽东的指示,在上杭、永定、龙

★罗明

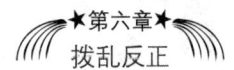

岩地区开展游击战争，取得了胜利，后将胜利经验向连城、新泉、武平及其他一些地区的领导作了传达和介绍。1933年2月15日，中央苏区中央局作出了《关于闽粤赣省委的决定》，明确指出福建省委内"一小部分同志中，显然形成了以罗明同志为首的机会主义路线"。2月26日，博古在工农红军学校第四期毕业生党团员及连级以上干部党团员大会上，专门作了题为《拥护党的布尔什维克的进攻路线》的政治报告，并在党中央的机关报《斗争》上连续发表了《什么是罗明同志的机会主义路线？》《什么是进攻路线？》《反对腐朽的自由主义》等文章，指责罗明是"右倾机会主义""自由主义""纯粹防御路线"等，把罗明调到瑞金进行批判，撤销了罗明的职务。

"邓、毛、谢、古"是指邓小平、毛泽覃、谢维俊和古柏，他们是江西苏区支持毛泽东正确主张的代表人物。邓小平当时是会（昌）寻（乌）安（远）中心县委书记，毛泽覃是永（丰）吉（安）泰（和）中心县委书记（1933年2月任中共苏区中央局秘书长），谢维俊是江西军区二分区司令员兼独立第五师师长，古柏先后担任寻乌县委书记和红一方面军总前委秘书长，他们4人被称为"毛派"。1933年，苏区中央局代表在检查江西南部地区会昌、寻乌、安远等苏区边县的工作时，认为会（昌）寻（乌）安（远）中心县委书记邓小平的做法与罗明的做法是相一致的，县委执行了一条同党的进攻路线完全相反的所谓纯粹的防御路线。5月4日，临时中央宣布《关于江西的罗明路线的决议》，提出"邓、毛、谢、古"是"罗明路线在江西的创造者"，邓、毛、谢、古"对于四中全会的新的中央领导表示极端不信任，甚至以'洋房子先生'相称，这与毛泽东同志一贯地不尊重中央领导的性质是相同的"，"这些同志如果再不彻底纠正其错误，我们建议中央局把他们洗刷出布尔什维克的队伍"，等等。他们撤销了邓小平江西省委宣传部长的职务，给予邓小平党内"最后严重警告"处分，把他派到边远

的乐安县属的南村区委当巡视员。王稼祥为了保护邓小平,将邓小平调到总政治部,主编总政机关报《红星》。毛泽覃先是参加了一段时间的劳动,后来被调到苏区互济总会当宣传部长。古柏被给予"最后严重警告"处分,撤职"改造",1934年初被开除党籍。谢维俊先是被调到地方参加突击队,挖工事,抬担架,后来在乐安当一名基层干部。

这些斗争,目的是反对毛泽东的正确路线,削弱毛泽东在党和红军中的影响。任弼时在实践中越来越感觉到"左"倾错误路线的危害,由支持转变为反对和抵制。1933年2月,他在《斗争》杂志第3期上发表《什么是进攻路线》的文章,虽然批评了邓小平等人,但提出了与博古等人不同的看法,强调要"纠正过去一些同志对进攻路线的错误解释",不应把"进攻路线"看成单纯的军事进攻,"在军事上,有时在某一方面是要采取防御甚至暂时的退却,为着在主要方面去消灭敌人的"。任弼时在延安时回忆说:"临时中央来后,反罗明路线实质也就是反中央局,他们先说是福建省委是路线错误,我抗议后,改为说罗明是路线错误,福建省委是机会主义动摇。"博古等人认为任弼时"不合手",两个月后,免去任弼时中央组织部长的职务,把任弼时从中央苏区派到湘赣省。张闻天后来证实说,反"罗明路线"就是反对毛泽东,"打毛排弼"。

中央代表"三人团"的另一个重要代表顾作霖,最初反对毛泽东,后来也逐渐改变了立场。电视剧《红色摇篮》里有这么一段,广昌战役时,顾作霖目睹了"左"倾给红军造成的灾难,痛心疾首地说:"同志们,是该面对现实的时候了。我们再也不能闭着眼睛瞎指挥了,该清醒清醒了!"他又说:"如果再给我一次重来的机会的话,我愿意用我的生命来换回毛泽东的路线!我们真的需要他!"这并非完全虚构。

中央代表"三人团"的转变,表明越来越多的人开始怀疑、反对"左"

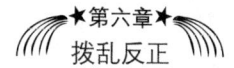

倾错误路线。在长征中，这种斗争越来越激烈，不久终于全面展开。

众望所归

1934年12月11日，中央红军越过老山界，占领湖南通道县。12日，中共中央在恭城书院召开中央负责人会议。博古、李德、周恩来、张闻天、毛泽东、王稼祥等，陆续进入会场。主持人周恩来宣布开会，说明会议的议题是讨论红军行动方针。

每个人的心情都是极其沉重的，不知道红军该去向何方，也不知道红军的命运会如何。

军事顾问李德首先发言："我提请大家考虑，是否可以让那些在平行路线上追击我们的或向西面战略要地急赶的周浑元部和其他敌军超过我们，我们自己在他们背后转向北方，与二军团建立联系。"博古立即表示赞成。李德、博古仍然主张红军去湘西，和贺龙、任弼时领导的红二、红六军团会师。但是蒋介石早有所料，进行了新的军事部署，在红军前去湘西的路途中设置了一个大大的口袋：国民党原"追剿"军第一、四、五路军等部编为第一兵团，刘建绪任总指挥；第二、三路军编为第二兵团，薛岳任总指挥。两个兵团分别由黄沙河、全州一带向新宁、城步、绥宁、靖县、会同、芷江地区开进。黔军王家烈部在锦屏、黎平一线堵截红军，桂军以一部兵力对红军进行尾追。

千钧一发之际，毛泽东挺身而出。他站了起来，说："我们刚刚破译了国民党军队的几份电报，蒋介石已经判断出我军北上的战略意图，在我军即将前去的道路上，部署了几十万大军，是我军的五六倍，构筑起四道防御碉堡线，张网以待。我们如果继续北上，岂不是自投罗网?!"

红军的故事 之 红色军魂

★通道会议旧址——恭城书院

★通道会议旧址内景

博古忙问:"不北上,你说我们去哪儿?"

"向西,到贵州去!"毛泽东坚定地说,"贵州王家烈部队战斗力较弱。蒋介石根本不会想到我们会向西,我们打他个措手不及!"

"好!我赞成!"王稼祥立即表示同意。张闻天和周恩来也表示同意。李德见自己的意见被否决,愤然退出会场,大家面面相觑。历经湘江战役失败的博古,对李德的信任有所动摇,说:"看来,只有照毛泽东同志的提议办,放弃去湘西的计划。"这是第五次反"围剿"以来,毛泽东的意见第一次被中央采纳。

会后下午7时,中革军委发出"万万火急"电令:"我军明13号继续西进","第一师如今天已抵洪洲司,则应相机进占黎平"。蒋介石压根儿就没有想到,中央红军会在通道改变前进方向。中央红军向西进入贵州,打乱了蒋介石的军事部署,跳出了蒋介石精心布置的包围圈。中央红军势如破竹,所向披靡,12月15日顺利攻占贵州黎平。然而,中央红军的军事行动方针问题并没有解决。军事顾问李德继续坚持自己制定的军事计划,强烈要求红军继续北上。博古虽在通道会议上勉强接受了多数人的意见,但内心里仍然希望红军北上湘西。在他看来,红军进

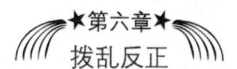

入贵州后,已经摆脱了国民党大军的追击,就应该继续北上湘西。与在湘西活动的贺龙部队会合,中央红军就有了生存与发展的根据地,特别是北上湘西的计划是共产国际同意的。西进,最终目标在哪儿?博古思想上毫无准备。博古利用"三人团"的权力,又否决了通道会议的决定。显然,继续由博古、李德指挥,红军不可能彻底摆脱困境。13日,中革军委命令中央红军"迅速脱离桂敌,西入贵州,寻求机动,以便转入北上"。14日,中革军委又致电红二、红六军团:"我西方军现已西入黔境,在继续西进中寻求机动,以便转入北上。"命令红二、红六军团:"以发展湘西北苏区并配合西方军行动之目的,主力仍应继续向沅江上游行动,以便相当调动或钳制黔阳、芷江、洪江的敌人。"

18日,毛泽东在黎平城出席中共中央政治局会议。这次会议仍由周恩来主持,继续讨论红军战略行动方向问题。博古又提出由黔东北上湘西,同红二、红六军团会合;李德因病没有出席会议,但托人把他坚持同红二、红六军团会合的意见带到会上。毛泽东主张继续向贵州西北进军,在川黔边敌军力量薄弱的地区建立新根据地。王稼祥、张闻天支持毛泽东的主张。经过激烈的争论,会议接受了毛泽东的意见,并根据他的发言写成《中央政治局关于战略方针之决定》,明确指出:"鉴于目前所形成之情况,政治局认为过去在湘西创立新的苏维埃根据地的决定在目前已经是不可能的,并且是不适宜的";"政治局认为新的

★黎平会议纪念馆

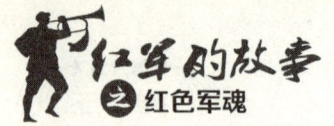

根据地区应该是川黔边区地区，在最初应以遵义为中心之地区，在不利的条件下应该转移至遵义西北地区"。会后，周恩来把黎平会议决定的译文送给李德看。李德大发雷霆，质问周恩来："还要不要'三人团'啦？"周恩来说："这不是哪个人的意见，是中央政治局的集体意见。"

黎平会议还有一项重要决定，那就是恢复被博古、李德降职的刘伯承红军总参谋长的职务。这表明，"三人团"的权力已经被削弱。

红军继续西进。长征路上，应毛泽东的请求，毛泽东与张闻天、王稼祥被编在同一个纵队。长征以来，他们三人经常就第五次反"围剿"失败问题交换意见，在许多问题上，三人达成了一致意见。在通道会议和黎平会议上，博古、李德坚持北上，而毛泽东坚持西进。红军究竟应该去哪儿，他们三人还没有深入交流过意见。12月20日，军委纵队到达贵州黄平的一片茂密的橘树林。休息时，王稼祥问张闻天："红军最后的目标，中央究竟定在什么地方？"张闻天忧心忡忡地说："没有一个确定的目标。"

"这样下去，怎么行啊！"王稼祥焦虑地说，"得想一个法子！"

张闻天说："我看，不能再让博古、李德指挥了，只有请老毛出山啦！老毛会打仗，比我们有办法，比博古、李德强多了！"

王稼祥立即说："我看，也只能这样了！"

当晚，王稼祥就给红三军团长彭德怀打电话，把他与张闻天的想法告诉了彭德怀。彭德怀表示赞成。

请毛泽东出山的消息不胫而走，朱德、刘伯承、林彪、聂荣臻、叶剑英、刘少奇、陈云等领导人，先后知道了这一消息，也都盼望毛泽东早日出来指挥红军。

12月31日，红军夺取乌江南岸的猴场。1935年元旦，中共中央在这里举行政治局会议，讨论行动方针。参加会议的有毛泽东、朱德、周恩来、王稼祥、张闻天、李富春、李德、博古、伍修权担任翻译。李德、博古继续坚持反对毛泽东的正确主张，要求红军或者不过乌江就在南岸打游击，或者"回头与红二、红六军团会合"。经过激烈的争论，会议再次否定博古、李德的错误主张，重申黎平会议决定，在《关于渡江后新的行动方针的决定》中指出："关于作战方针以及作战时间与地点的选择，军委必须在政治局会议上作报告。"这次会议实际上撤消了李德的最高军事指挥权，为遵义会议的成功召开奠定了基础。

会后，红军强渡乌江天险，紧接着攻占了遵义。1月15日至17日，中共中央政治局扩大会议在遵义城红军总司令部召开。出席会议的政治局委员有博古、周恩来、张闻天、毛泽东、朱德、陈云，政治局候补委员有王稼祥、邓发、刘少奇、凯丰，红军总部和各军团负责人有刘伯承、李富春、林彪、聂荣臻、彭德怀、杨尚昆、李卓然，还有中央秘书长邓小平，军事顾问李德及翻译伍修权也列席会议，共20人。在博古、周恩来报告结束之后，张闻天、毛泽东作了长篇发言，系统而深刻地批判了李德、博古的错误军事路线。王稼祥明确提出，应取消李德、博古的军事指挥权，解散"最高三人团"。朱德、刘少奇、陈云等纷纷发言，严厉批评"最高三人

★遵义会议会址

★遵义会议旧址内景

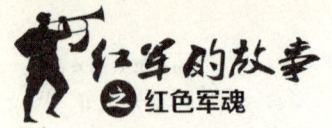

团"的错误指挥。会议还作出以下决定:

第一,毛泽东同志当选为常委;

第二,指定洛甫同志起草决议,委托常委审查后,发到支部讨论;

第三,常委中再进行适当的分工;

第四,取消"三人团",仍以最高军事首长朱德、周恩来为军事指挥者,而周恩来同志是党内委托的对于指挥军事上下最后决心的负责者。

遵义会议后不久,中央政治局常委重新进行分工,由张闻天替代博古负总责,以毛泽东为周恩来在军事指挥上的帮助者。

中共中央在长征前夕与共产国际失去了联系,不得不独立自主地解决自己的问题。在这个背景下召开的遵义会议,在中国革命最危急的关头,依据民主集中制的原则,独立自主地解决了党中央的组织问题,结束了"左"倾错误路线在中央长达4年的统治,确立了毛泽东在党中央和红军中的领导地位,以毛泽东为核心的党的第一代中央领导集体开始形成。

遵义会议是党对军队的绝对领导制度发展史上的一块重要的里程碑,它肃清了王明"左"倾教条主义错误的影响。江华说:"毛主席有发言权了,我们这些受错误路线打击的人,也逐渐得了'赦免'。"罗明回忆说:"遵义会议后,毛泽东同志指示要起用受王明路线打击的干部。总政治部地方工作部通知刘晓任红一军团政治部地方工作部长,我任红三军团政治部地方工作部长。"被打成"毛派"头子的邓小平,在遵义会议前已被任命为中共中央秘书长。对被诬陷为"罗明路线"在军队中的代表而被开除党籍、判刑5年的萧劲光,中央立即取消了对他的错误处分,恢复了他的党籍、军籍,并为他重新安排工作。

第六章 拨乱反正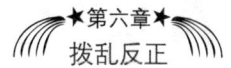

实至名归

遵义会议后,为发扬民主,红军每次遇到重大问题都集体讨论,这非常不利于军事指挥与作战。由于战事频繁,必须临机决断以适应瞬息万变的战争形式和环境,避免在紧急的军事行动中因召开中共中央政治局会议而贻误战机,于是毛泽东提议成立新的"三人团",全权指挥军事。1935年3月12日,由周恩来、毛泽东、王稼祥组成的新"三人团"在贵州苟坝宣告成立。1967年1月22日,毛泽东在一次会议上说:"后来搞了个'三人团',团长是周恩来,团员一个是我,一个是王稼祥。"而新"三人团"是当时的军事斗争形势所需要的。

遵义会议后,中共中央、中革军委率领部队撤出遵义城,逐次向北转移,向川黔交界的赤水、土城地区集中,准备渡江北上。红军在赤水河畔的土城,与川军展开激战却失利,导致一些领导干部对毛泽东产生不满情绪;还有一些领导干部,对在四渡赤水过程中大规模迂回穿插的运动战不理解,对毛泽东产生了怀疑。王稼祥向张闻天抱怨说:"老打圈圈不打仗,可不是个办法。"红三军团政治部主任刘少奇与政委杨尚昆给军委发了一封电报,表示对毛泽东的指挥不理解。林彪埋怨说,红军"尽走弓背路,这样会把部队拖垮,像他这样领导指挥还行吗?!"他公开给中央写信,要求撤换领导。红九军团的罗炳辉这时也提出不当军团长了,要求中央重新给他安排一份工作。甚至主持中央工作的张闻天,也一度产生了消极情绪。聂荣臻回忆说:"四渡赤水以后到会理期间,在中央领导层中泛起一股小小的风潮。"杨尚昆回忆说:"遵义会议后,毛主席刚出来担负重任不久,中央领导层和主要战将中,就有人嘲讽,有人想离开红军。"据张闻天的妻子

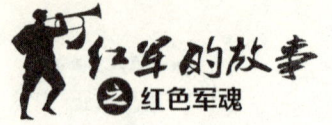

刘英说,当时中央领导层"争得不可开交"。有人建议张闻天开会讨论是否再让毛泽东指挥军事,张闻天一时犹豫不决。此时此刻,从最高领导人职务上退下来的博古十分清楚,如果开会解除毛泽东的最高军事领导权,那将对党和红军产生灾难性的后果。博古非常担心一场新的党内斗争会导致党和军队领导的分裂,于是他提醒张闻天说:"在任何情况下都必须避免这种事情发生,否则中央红军的命运就不堪设想了!"张闻天警醒过来,接受了博古的意见。1935年5月12日至14日,张闻天主持召开政治局扩大会议,讨论军事行动方针问题。博古旗帜鲜明地反对撤换毛泽东的领导职务,他说:"战略方针的判断与改变,都立足于敌情的变化。北渡扬子江,入川北进,会合四方面军,这当然是一个好的方案。现在看来,这个计划缺乏对敌情应有的分析,谁知川军那么不好打呢?刚才朱老总讲到,如果允许我们在中国腹地开创根据地,倒是可以少走许多冤枉路。"博古在毛泽东面临困难之时,毅然支持毛泽东。他与张闻天、周恩来、朱德等人的共同努力,维护了毛泽东在红军中的领导地位,维护了党的团结和中央领导集体的权威。

在毛泽东的指挥下,红一方面军渡过赤水、金沙江、大渡河,翻越雪山,于1935年6月到达四川懋功,同张国焘领导的红四方面军胜利会师。此时,红一方面军只剩下8000余人,而红四方面军有8万余人,力量的悬殊让张国焘的野心膨胀起来。他企图夺取党和红军的最高领导权,于是多次找博古"谈心",并委派和博古曾经是同学的陈昌浩找博古,企图说服博古同他们"合作"。张国焘向博古了解遵义会议的情况,不怀好意地说,在没有请示共产国际的情况下解除博古的领导职务是不符合共产国际的组织原则的,红四方面军不承认遵义会议,它的决定是不合法的。张国焘以此挑拨博古与中央领导的关系,用心十分险恶。博古是经共产国际批

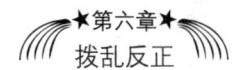

准的合法的党的最高负责人,张国焘是创党元老、红四方面军最高领导人。如果博古从个人恩怨出发,支持张国焘,那么红军长征的历史很有可能改写。然而,博古把党的事业放在第一位,不计较个人得失,这时他旗帜鲜明地支持新的中央领导集体,拒绝与张国焘"合作",使张国焘无计可施。

1935年6月中下旬,中央与张国焘通过电报、会议等方式,讨论红军下一步行动方向,张国焘与中央发生了矛盾。中央主张红军继续北上,建立川陕甘革命根据地,推动全国抗日救亡运动高涨。张国焘公然挑战中央权威,拒不执行中央"北上抗日"方针,提出向川康地区退却或南下。中央多次开会、发电报、打电话,要求张国焘执行中央决议。在这场斗争中,张闻天、周恩来、博古、朱德、凯丰、李德等人坚决支持毛泽东,拥护"北上抗日"方针。

博古义正词严地批评张国焘说:"中央北上抗日方针是正确的,你们为什么不执行?你们还要不要党中央的领导?"李德和宋任穷说:"在北上还是南下这个问题上,我和中央的意见是一致的。"张国焘理屈词穷,被迫同意北上。

8月19日,张闻天在沙窝主持召开政治局常委会议,常委毛泽东、博古、王稼祥出席了会议。周恩来因患阿米巴脓肿发高烧而没有参加会议,但捎信给会议,建议由毛泽东全权负责军事指挥。经过讨

★沙窝会议会址

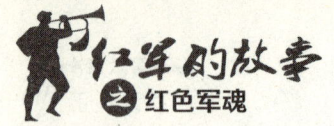

论,会议决定统一领导的权力应当集中于常委会,由毛泽东全权负责军事指挥。毛泽东第一次作为政治局常委被确定为党中央的军事负责人,开始取代周恩来指挥军队。这次会议之后,毛泽东成了全军的统帅,"三人团"完成了自己的历史使命。

张国焘见自己的意见在中央始终得不到多数人的支持,于9月9日密电陈昌浩,命令右路军南下,企图加害中央,把自己的意志强加于中央。中央为坚持"北上抗日"方针,避免红军内部可能发生的武装冲突,决定率红一、红三军和军委纵队迅速转移,脱离险境,先行北上。9月12日,中共中央政治局在俄界举行扩大会议,着重讨论与张国焘的斗争及今后的战略方针问题。会议一致通过《关于张国焘同志的错误的决定》,揭发和批判了张国焘分裂党、分裂红军、反对"北上抗日"的战略方针、退却逃跑以及军阀主义的严重错误,号召红四方面军广大指战员,团结在党中央周围,同张国焘的右倾分裂主义作坚决的斗争。张国焘决定顽抗到底,一意孤行,竟然另立"中共中央",宣布"撤销"张闻天、博古、毛泽东等人的工作,"开除"他们的中央委员及党籍,并下令"通缉"他们。

1935年10月19日,陕甘支队抵达陕北吴起镇。10月27日,张闻天主持召开中央政治局常委会议,决定由毛泽东负责军事工作。11月3日,张闻天在甘泉县下寺湾主持召开中央政治局会议,决定成立西北革命军事委员会,由毛泽东担任军委主

★下寺湾中央政治局会议室内景

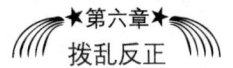

席，周恩来、彭德怀担任军委副主席。这是毛泽东首次出任中央军委主席。此后，中央军委主席一直由毛泽东担任。

1936年10月，红一、红二、红四方面军三大主力红军会师，宣告长征结束。同年12月，为适应新的形势，中央革命军事委员会扩大为23人，设主席团，毛泽东任主席，第一次实现了中共中央和中央革命军事委员会对全国红军的集中领导与统一指挥，从而确立了最高军事领导权与指挥权集中于党中央、中央军委的制度。

拓展阅读

1934年12月11日，中央红军进驻湖南通道县后，中革军委召开了紧急会议。为避免陷入国民党军队的包围，毛泽东建议放弃到湘西与红二、红六军团会师的计划，改向敌军力量薄弱的贵州进军，以便获得喘息的时机，整顿部队，创建新的根据地。12月14日，中央红军兵分两路进入黎平。12月18日，中共中央在黎平古城翘街二朗坡52号召开长征以来的第一次政治局会议。会议由周恩来主持，参加会议的有毛泽东、周恩来、朱德、张闻天、王稼祥、博古等。会上，博古、毛泽东、周恩来等人作了发言。毛泽东进一步阐述了他在通道发表的意见，正式建议放弃与贺龙领导的红三军会合的计划，提出红军西进贵州，向贵州第二大城市遵义挺进，并在该地区建立一个新的苏维埃根据地。经过激烈争论，中央政治局采纳了毛泽东的建议，作出了《中央政治局关于战略方针之决定》。

黎平会议会址位于省级重点历史文化名城——黎平县德凤镇城东，原"胡荣顺"号商铺，现德凤镇二朗坡52号。这是一座清嘉庆年间的建筑，为青砖盒式封火墙，内套木构架的硬山顶，整座建筑为三进两层，呈阶梯式发展，总占地面积约800平方米，四周用封火墙围住，平面如方印，当地人称之为"印子屋"。

黎平会议会址于1978年1月被黎平县人民政府公布为"黎平县文物保护单位"，1997年被贵州省委、省政府公布为"省级爱国主义教育基地"，2005年11月被中共中央宣传部公布为"全国第三批爱国主

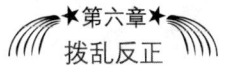

义教育示范基地",2006年1月被国务院公布为"第六批全国重点文物保护单位"。

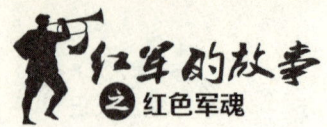

后　记

　　本丛书由汤家玉策划，撰写者有汤家玉、许思义、吴钢、白钢、张伟佳、曾凡奇。中共安徽省委党史研究室周平主任、中共江西省委党史研究室张荣辉主任，以及北京大地万策文化发展有限公司的孙红超副总经理等人亦为本丛书的出版，提供了许多帮助。在此，谨向他们一并表示衷心的感谢！

丛书编委会